우리가 만든 작은 세상

윤예림 지음

터키 남자 × 한국 여자

우리가 만든 작은 세상

초록비 책공방

여는 글

어린 시절, 우리 집은 조용한 날이 없었다. 작은 공간에 이모들과 삼촌까지 여덟 식구가 살을 부대끼며 살았기 때문이다. 대가족이 가진 장점은 많지만 그중에서도 나는 둘째 이모의 이야기를 가장 사랑했다.

퇴근하고 지쳤을 법도 한데 이모는 매일 밤 작은 사람 이야기를 들려주었다. 사과 속을 다 갉아먹고 그 안에 집을 만들어 반딧불이 램프를 달았다던가, 빗물이 고인 웅덩이에서 나뭇잎 수영복을 입고 물장난을 치는 이야기라던가, 여행을 떠나기 전 빨간 앵두를 가방에 가득 담는다거나, 어두운 싱크대 속 냄비 사이를 뛰어다니며 숨바꼭질을 한다는 이야기를 매일 밤 손꼽아 기다렸다. 이야기는 겹치는 법이 없었다. 꼬꼬마 조카가 귀찮았을 법도 했을 텐데 이모의 이야기는 그녀가 시집가기 전까지 이어졌다. 나는 꽤 오랫동안 작은 사람이 존재한다고 믿었다. 눈을 크게 뜨고 작은 사람을 찾아 구석구석을 관찰하는 건 그렇게 나의 오랜 습관으로 굳어졌다.

독일 장난감 '플레이모빌'을 처음 만났을 때 추억 속 작은 사람이 내 앞에 나타난 것만 같았다. 손가락만 한 피규어와 손톱만 한 소품에 마음이 빼앗겨버렸다. 작은 사람을 위한 완벽한 시간과 장소를 발견하면 부끄러움도 잊은 채 길거리에 쭈그려 앉아 몇 시간이고 사진을 찍었다. 플레이모빌로 나와 남편의 이야기를 담아내고 나면 마음 한구석에 자리 잡고 있던 응어리가 풀리는 것 같았기 때문이다.

사랑에 빠진 사람이 터키 남자라 터키인과 결혼했을 뿐인데 우리 부부의 삶은 이리저리 재단되어있었다. 종종 알지 못하는 사람들에게 비난을 받았고, 평범한 우리의 일상은 그들의 입에 쉽게 오르내렸다. 터키 남자와 결혼하면 모두 똑같은 모습으로 살아가는 게 아닌데도 사람들은 한결같이 의심, 호기심 아니면 우려 섞인 목소리로 말했다.

"남편이 터키 사람이라며……"

남들의 시선과 관심이 닿지 않는 시간과 공간 속에는 한마디로 정의할 수 없는 수많은 빛깔의 이야기가 있다. 우리 부부의 이야기도 그렇다. 나는 남편의 끝 모를 엉뚱함을, 도저히 멈출 생각이 없는 호기심을, 운동에는 어울리지 않는 통통한 발바닥을, 화가 난 내 마음을 단박에 풀어주는 어설픈 춤사위를, 미스터 빈을 닮은 짙고 코믹한 눈썹을, 나를 향한 투명한 마음을 사랑한다.

출판 제안을 받았을 때 몇 번을 거절했는지 모른다. 우리의 이야기가 세상에 드러나 평가받는 게 두려웠다. 하지만 새로운 이야기를 세상에 내놓는 일은 내가 좋아하는 것이기도 하다. 게다가 우리 부부의 유쾌한 신혼 일기를, 그것도 잊고 싶지 않은 소중한 기억을 플레이모빌로 담아낸 책이라는 게 내 마음을 흔들었다.

작은 사람 플레이모빌과 사랑에 빠진 뒤 쉴 새 없이 장난감을 구매해도 잔소리 한 번 날리지 않는 나의 남편 알파고에게 이 책을 바친다. 그리고 한국에 올 때마다 독일에서 산 플레이모빌 신제품과 이베이에서 산 중고 플레이모빌로 여행가방이 가득차도 싫은 내색 한 번 하지 않는 내 동생 예솔이, 매일 밤 어린 나에게 꿈같은 여행을 선물해주던 은영 이모에게도 고마움을 전하고 싶다.

차례

• 1부 •
그렇게 우리는 부부가 되었다

· 2부 ·

알파고가 한국에서 살아남는 법

· 3부 ·

내 남자의 사랑법

・4부・
터키 남편과 살다 보니

1부

그렇게 우리는 부부가 되었다

잊을 수 없는 ______________________

어깨 뽕과 ________________________

______________________ 땀 냄새

구수하다 못해 꼬리꼬리한 냄새를 풍기는
프랑스산 블루치즈 같기도 하고
톡 쏘는 아찔한 맛을 지닌
중국산 취두부 같다가도
북적이는 모로코 시장통에서
뿜어져 나올 것만 같은 강한 향신료 냄새.
세 시간짜리 수업이 끝날 때쯤엔
이 터키 남자의 땀 냄새에 취해있었다.

"어쩌다 두 분은 결혼까지 하게 됐어요?"

한국 여자와 터키 남자. 흔치 않는 조합에 처음 만나는 사람들은 호기심을 참지 못하고 결국 질문을 던진다.

알파고는 이때다 싶은 표정으로 목소리를 가다듬더니 슬그머니 의자에서 엉덩이를 떼고 있다.

"대학원에서 수업을 듣는데 어느 날부턴가 제 자리에 캔 커피가 놓여있더라고요. 하루는 불 꺼진 강의실에 숨어서 누가 들어오나 지켜봤죠. 근데 글쎄 예림 씨가 강의실로 들어오더라고요. 물론 손에는 캔 커피가 들려있었죠. 이제, 아시겠죠?"

고양이처럼 살금살금, 불안한 듯 주변을 두리번거리는 연기를 한다. 이쯤 되면 사람들은 넋 놓고 남편을 바라본다. 이야기를 원하는 관객들의 뜨거운 시선을 느낄수록 알파고의 연기는 한층 더 과감해진다. 책상에 커피를 올려놓고도 떠나기가 아쉬워 캔 커피에 입을 맞추고, 그래도 발걸음이 떨어지지 않아 다시 한 번 가슴에 꼭 품은 후에야 겨우 자리를 뜨는 메소드 연기를 끝내고 나면 관객들은 깔깔거리며 박수를 친다. 내가 아무리 "이거 다 뻥이에요!"라며 손사래를 쳐봐야 소용없다. 사람들이 이야기를 믿기 시작했기 때문이다.

사랑에 눈이 멀어 캔 커피를 부여잡고 뽀뽀까지 했다는 이야기가 진짜였다면 얼마나 좋을까. 터키 남자 알파고와 결혼한 건 기적이었다.

"안녕하십니까!"

강의실 문이 홱 열어젖혀지면서 쩌렁쩌렁한 목소리가 들려왔다. 단박에 시선은 남자의 어깨에 꽂혔다. 남색 양복 상의에는 어마어마한 어깨 뽕이 달려있었다. 요즘 세상에도 이런 구닥다리 스타일로 입는 사람이 있다는 게 그저 놀라울 따름이었다.

어깨 뽕만으로도 버거운데 이게 다가 아니었다. 가을 문턱에 들어섰지만 한낮에는 여전히 한여름처럼 뜨거웠다. 철에 걸맞지 않게 양복을 입고 있는데다 땀 냄새가 심각했다. 열 명이 다닥다닥 붙어 앉은 강의실에는 수업을 시작하기도 전에 낯선 터키 남자의 땀 냄새가 넘실댔다.

냄새는 이국적이었다. 구수하다 못해 꼬리꼬리한 냄새를 풍기는 프랑스산 블루치즈 같기도 하고, 톡 쏘는 아찔한 맛을 지

빈말은 함부로 던지는 게 아니다.

밥 한번 먹자는 인사치레에
결혼까지 한 걸 보면 말이다.

닌 중국산 취두부 같다가도, 북적이는 모로코 시장통에서 뿜어져 나올 것만 같은 강한 향신료 냄새였다. 세 시간짜리 수업이 끝날 때쯤엔 모두가 이 터키 남자의 땀 냄새에 취해있었다. 냄새에 예민한 나는 제법 찬바람이 불 때까지 코를 킁킁거리며 종종 이 남자의 겨드랑이를 흘겨보았다.

"언제 한번 식사해요."

마지막 수업이 끝난 후 인사치레로 건넨 말이었다. 전공이 다른 우리가 또다시 같은 수업을 들을 기회는 거의 없었고 넓디넓은 캠퍼스에서 우연히 마주칠 일은 더더욱 없었다.

그렇게 시간이 흘렀다. 알파고라는 터키 남자도, 어깨 뽕도, 땀 냄새도 점점 옅어져갔다.

"어! 여기서 만나네요. 밥 먹자는 이야기는 입술서비스였나 보네요."

그는 여전히 어깨를 한껏 강조하는 촌스러운 재킷을 입고 있었다. 별 의미 없이 던진 말을 일 년 동안 기억하고 있다니. 게

다가 말투를 보니 적지 않게 실망한 것 같았다. 미안한 마음에 그 자리에서 약속을 잡아버렸다.

어색할 줄만 알았던 대화는 순조로웠다. 알파고가 워낙 이야기꾼이기도 했지만 당시 나는 출국을 앞두고 한껏 들떠있었기 때문이었다. 일주일 뒤면 인도네시아 자카르타에 있는 유엔난민기구로 떠날 예정이었다. 일 년 만에 만난 남자 앞에서 나는 쉬지 않고 꿈에 대해 조잘조잘 떠들어댔다.

"인권을 위해 일하는 건 오랜 꿈이었어요. 대학원에서 국제학을 전공하기로 마음먹은 것도 바로 이 때문이고요. 다음 주면 떠난다니 진짜 믿기지가 않아요. 언제 다시 한국에 돌아올지 모르지만 건강히 잘 지내세요."

나는 인도네시아로 떠났다. 또다시 알파고는 서서히 희미해졌다. 나중에 듣게 됐지만 둘이 처음 식사를 한 후 알파고의 마음속에 내 이름이 별처럼 반짝반짝 빛났다고 했다. 물론 알파고의 마음과는 별개로 어깨 뽕과 땀 냄새가 풍기는 터키 남자와 사랑에 빠지는 건 상상할 수도 없는 일이었다.

나는 어려서부터 외국에서 살고 싶었다.
눈을 감고 지구본을 돌린 후
손가락이 가리키는 미지의 땅을 상상하곤 했다.
언젠가 내 꿈을 이룰 날이 오겠지.

정신 나간 ________________프로포즈를

____________________________허락한

______________________정신 나간 여자

"터키 출신의 무슬림 남자랑 결혼할 수 있어요?"

'이런 미친놈이 다 있나!'

프러포즈를 하려면 적어도 사랑 고백이 먼저 아닌가?

프러포즈를 카톡으로 하다니! 이건 아니지!

나는 결혼할 생각은 '절대' 없다고

아주 똑 부러지게 전했다.

나는 인도네시아에 간 지 몇 개월 되지 않아 한국으로 돌아왔다. 잠시 연구원으로 일하며 더 나은 조건으로 국제기구에 들어가겠다고 마음먹었기 때문이다.

옆자리에 앉은 연구원과 이야기를 나누던 중 그분이 알파고와 같은 학교, 같은 전공이었다는 걸 알게 됐다. 알파고, 간만에 들어보는 이름이었다.

↳ 잘 지내고 있어요? 제가 일하는 곳에 알파고를 잘 아는 분이 계셔서요. 그래서 연락 한번 해봤어요.

카톡. 몇 분 지나지 않아 답장이 왔다.

↳ 한국에 돌아온 거예요? 지금 일본 출장 중인데 돌아가자마자 바로 만나요.

열흘 정도 지났을까.

우리는 광화문역 파스타 전문점에서 만났다. 오랜만에 만난

반짝이는 알파고의 눈을 보는 순간,
마음 한쪽에 파르르 진동이 번져 나갔다.

알파고는 어깨 뽕도 땀 냄새도 없었다. 주름 하나 없는 깔끔한 초록색 티셔츠를 입고, 몸에서는 시원한 향수 냄새가 폴폴 풍겨져 나왔다.

서로의 안부를 묻다 우리의 화제는 자연스레 사회문제로 흘러들었다.

"요즘 한국에서 저출산 문제가 심각하잖아요. 이 문제를 해결하지 않으면 장차 국가경쟁력을 잃게 될 거라는 평가가 많은 거 같아요. 아, 오해하지 마세요. 갑자기 궁금해서 그러는데 아이는 몇 명 정도 낳을 생각이세요?"

결혼 계획도 없는 나에게 자녀 계획을 묻다니. 가족이나 친구가 이런 질문을 던졌다면 싸한 표정으로 잔소리를 쏴댔겠지만 외국인이라 봐줬다.

"한 번도 생각해본 적은 없지만…… 능력이 된다면 세 명 정도 낳고 싶어요. 저희 집도 딸이 셋인데 진짜 재미있거든요."

알파고의 질문은 이어졌다.

"제 주변에는 국제 커플이 많은데 문화 차이를 극복하지 못해 이혼하는 선배들이 많았어요. 국제결혼에 대해서는 어떻게 생각하세요?"

"국적이 중요한가요? 사람이 더 중요하죠. 가치관이 다르면 아무리 국적이 같아도 절대 못 살아요. 결국 서로가 얼마나 노력하는지에 달려있다고 봐요."

기나긴 토론을 끝내고 식당 문을 나서자마자 알파고는 가방에서 틴휘슬을 꺼내더니 〈반지의 제왕〉에 나오는 'Concerning Hobbits'을 연주하기 시작했다. 토론 주제가 쓸데없이 진지하게 흘러갈 때 아니면 적어도 내 앞에서 피리를 불 때라도 눈치챘어야 했는데. 결국 아무런 준비도 하지 못한 채 내 운명과 대면해버렸다.

그날 밤, 카톡이 왔다.

ㄴ, 예림 씨, 터키 출신의 무슬림 남자랑 결혼해도 되나요?

'이런 미친놈이 다 있나!'

메시지를 보자 나도 모르게 욕이 튀어나왔다. 프러포즈를 하려면 적어도 사랑 고백이 먼저 아닌가? 게다가 프러포즈를 카톡으로 하다니! 뻔한 건 싫지만 그래도 이건 아니지! 에라이, 정신 나간 놈! 나는 결혼할 생각은 '절대' 없다고 아주 똑 부러지게 전했다.

사실 알파고는 매력이 뚝뚝 떨어지는 사람이었다. 초롱초롱한 눈과 짙은 눈썹을 제쳐놓더라도 그는 가진 게 많았다.

타인이 만들어놓은 기준에 자신을 억지로 끼워 맞추거나 남에게 자신의 생각을 강요하지 않았다. 누구와 어떤 주제를 나누더라도 몇 시간이고 이야기할 수 있을 만큼 똑똑하지만 남을 무시하거나 자신을 과대평가하지 않았다. 말은 또 얼마나 재미있게 하는지 심심할 틈을 주지 않는 유쾌한 사람이었다.

하지만 그와 결혼할 자신은 없었다. 국제결혼에 대해 누구보다 열려있었지만 무슬림은 내 결혼 상대자에 포함되어있지 않았다.

나의 거절에 알파고는 매몰차게 연락을 끊어버렸다.

희망이 없으니 더 이상 마음 둘 이유가 없었던 것이다. 결혼을 약속하지 않은 남녀가 연애를 하는 건 알파고의 정서에 어긋나는 일이었다.

하지만 나는 알파고가 점점 더 궁금해졌다. 용기를 내어 다시 연락했고 우리는 자주 만나 이야기를 나누었다.

알파고는 고집스럽게 결혼을 말했지만 나는 대답을 미룬 채 시간을 조금 더 벌고 싶었다. 하지만 결전의 순간은 슬금슬금 코앞까지 다가와 있었다.

미국 출장을 떠난 지 3주가 지났을 때 아침 일찍 전화가 걸려왔다.

"더 이상은 버티지 못하겠어요. 여기저기서 압박이 들어와 너무 지쳤어요. 저랑 결혼할 생각이 없다면 한국 생활 다 포기하고 터키로 돌아가려고요. 그러니 제발 확답을 주세요. 마지막이에요."

그는 주변 사람들에게 결혼하고 싶은 여자가 생겼다는 소식을 전한 후 많이도 시달려야 했다. 알파고의 직장 상사는 여자나 꾀라고 한국 특파원으로 파견한 게 아니니 당장 터키로 돌아오라며 모진 말을 내뱉었다. 친구들은 실패한 국제결혼 사례를 들먹이며 헤어지는 게 정답이라고 설득했다.

알파고의 삶이 통째로 흔들리고 있었다.

결혼을 결심했을 때,
민트 치약으로 양치질을 한 것처럼
머릿속이 개운했다. 어떤 남자가 더 좋을지
더는 고민하지 않아도 됐으니까.

그동안 나는 지독히도 이기적으로 굴었다. 기약 없이 뜸을 들이는 동안 알파고가 힘들어한다는 걸 알았지만 오랜 기다림은 완벽한 결혼을 위한 필수조건이라고 여겼다.

알파고가 하늘이 점지해준 운명의 남자일지 확신을 갖고 싶어 시간을 끌었지만 역설적이게도 알파고의 눈물은 운명의 상대는 내가 직접 결정해야 한다는 걸 뼈저리게 깨닫게 만들었다.

'그래, 너무 심각하게 생각하지 말자. 요즘 세상에 한 번쯤 이혼할 수도 있지. 이혼에 대한 두려움 때문에 소중한 사람을 잃지는 말자. 결혼, 그냥 하지 뭐.'

미국에서 돌아오는 날, 알파고와 우리 집으로 갔다.

부모님께서는 터키 남자의 존재까지는 알고 있었지만 사귄다는 것도 아니고 결혼 발표에 적잖이 놀라셨다.

엄마는 "아이고, 아이고, 세상에나……"를 연발했다. 그러면서도 "네 인생이니 네가 책임지라."며 결혼을 허락하셨다.

알파고의 정신 나간 프러포즈를 허락한 나는, 똑같이 정신 나간 여자가 됐다.

그렇게 우리는 평생을 약속했다.

터키행 비행기를 타고 나면

내 모든 삶이 변해버린다.

토끼를 따라 굴속으로 떨어진

이상한 나라의 앨리스처럼

어쩌면 내 앞에는

지금껏 한번도 그려보지 않았던 세상이

펼쳐질지도 모를 일이었다.

나에게 필요한 건 용기,

그것뿐이었다.

토끼 굴에 ______________________________

______________________________ 들어갈 용기

터키 출국을 하루 앞두고 혼인신고를 했다.

덜컥 혼인신고부터 하겠다는 말에 주변 사람들은 걱정 어린 조언을 건넸다. 결혼은 애들 장난이 아니니 6개월 정도 살아보고 천천히 결정하는 것도 나쁘지 않다고 말이다. 결혼생활 자체도 힘든데 국제결혼이니 몇 배는 더 복잡할 뿐 아니라 마음에 안 든다고 교환이나 환불을 할 수도 없는 노릇이었으니까.

이 말에도 일리가 있었다. 나를 아끼는 지인들의 충고였기에 흘려듣진 않았다. 다만 '알파고랑 행복하게 살 건데?'라며 반항심이 들었던 것도 사실이다. 두 손 꼭 잡고 첫걸음을 내딛는 소중한 시작을 미래에 대한 걱정으로 망칠 수는 없었다.

우리는 종로구청을 찾았다.

터키 대사관에서 떼온 출생신고서와 미혼증명서를 국문으로 번역하고, 혼인신고서에 인적 사항과 증인 두 명의 정보를 기입해 제출하면 그만이었다.

국가도 인정한 부부가 됐다고 생각하니 가슴이 두근거렸다.

알파고는 연신 내 손을 꽉 잡았다가 놓았고, 눈이 마주칠 때마다 고개를 위아래로 방정맞게 흔들며 히죽거렸다.

알파고는 지금도 가끔 손편지를 써서 건넨다.
꾹꾹 눌러 쓴 글자를 읽으면 삐졌던 마음이 사라지고,
애정이 불타오른다. 오늘도 꺼내서 봐야지.

짧은 혼인신고를 마치고 근처 카페를 찾았다.

출국을 앞두고 부모님께 편지를 쓰고 싶었다. 막상 편지지에 마음을 적어 내려가니 가슴이 뜨거워지면서 눈에선 굵은 눈물이 뚝뚝 떨어졌다.

혼인신고를 할 때만 해도 신이 나 어쩔 줄 몰랐는데 앞으로 가족과 떨어져 살아야 한다는 현실을 생각하자 무거운 돌덩이를 올려놓은 것처럼 마음이 답답해졌다.

내 마음을 아는지 모르는지 알파고는 자기도 편지를 쓰겠다며 펜과 편지지를 가져갔다.

어머님께

어머님! 극증(걱정)하지 마세요. 제발요! 예림 씨가 윤씨 왕국의 공주이었다가 이제 알파고 제국의 여왕이 된 거예요! 그리고 약속합니다. 조금 시간이 걸리겠지만 예림 씨를 딸에서 며느리로, 저는 사위에서 아들로 진화시키겠습니다.

아버님께

아버님! 아버님을 맨 처음에 봤을 때 너무 안심했었어요. 이제 걱정할 필요가 없다고 생각했었어요. 왜냐하면 그때 느꼈어요! 아버님하고 저 사고방식이 비슷한지 알아냈어요. 아버님이 아들 목적으로 딸 3명을 만드셨는지는 모르겠지만 저는 그 태어나지 못했던 아들이 될 거라는 자신감이 있어요. 아버님, 앞으로 사위 2명 더 얻으실 텐데 그 사위들이 다 저하고 아버님의 관계를 보고 부러워 혹은 질투 정도로 될 거라고 생각해요. 예림 씨 없는 동안 제발 어머님을 지켜주세요. 집에 누구도 없을 건데 좀 힘드실 것 같아요. 우리 남자들이 좀 논리적인 존재들이지만, 여자들이 감성적이더라구요. 어머님 부탁드립니다.

편지를 읽으며 웃음이 터져 나왔다. 완벽하지 않은 한국어와 투박한 글씨로 써내려갔지만 따뜻한 진심이 담겨있었다.

결혼을 결심하고 준비하는 과정에서 행복하기도 하고, 슬프기도 하고, 억울하기도 하고, 설레기도 하고, 짜증나기도 했던 수많은 감정이 차분히 가라앉고 있었다. 그러면서 결혼에 대한

터키 문화원에서 처음 맛본
터키 홍차는 따뜻하고 참 달았다.
홍차 향이 그리워
알파고에게 연락했는지도 모르겠다.

묘한 기대감이 솟아올랐다.

다음 날 밤 12시, 이스탄불행 비행기를 타고 나면 내 모든 삶이 변해버린다.

유년시절의 추억과 시간이 고스란히 새겨진 동네를 떠나 낯선 곳에 새 둥지를 틀어야 하고 매일 먹던 엄마의 담백하고 칼칼한 음식은 가끔씩만 맛보게 될 터였다.

엄마 하나, 아빠 하나, 여동생 둘이 아니라 이제는 엄마 둘, 아빠 둘, 여동생 셋, 남동생 하나가 됐다.

토끼를 따라 굴속으로 떨어진 이상한 나라의 앨리스처럼 어쩌면 내 앞에는 지금껏 한번도 그려보지 않았던 세상이 펼쳐질지도 모를 일이었다. 나에게 필요한 건 용기, 그것뿐이었다.

입국심사장으로 발걸음을 옮겼다.

배웅 온 부모님의 품에 안길 때도 출입문을 지나고 나면 선택을 되돌리지 못한다는 것을 알면서도 나는 끝까지 울지 않고 씩씩하게 걸어 들어갔다.

"으드르에 간다고?
거기는 터키 사람들도 안 가는 곳인데.
정말 혼자 갈 수 있겠어?"
투명하리만치 뻥 뚫린 하늘,
솜이불처럼 얇고 넓게 깔린 구름,
흰 눈이 소복이 내려앉은 나무 한 그루 없는 대머리 산,
눈앞에 펼쳐진 황량한 이국적인 풍경,
모험은 이제부터다.

나 홀로 ______________________________

______________________________시댁에

터키 여행은커녕 수도를 '이스탄불'이라고 답할 정도로 터키에 대해 무지했던 내가 할 수 있는 터키어라고는 '메르하바(안녕하세요)'가 전부였다.

이런 나에게 알파고는 결혼식을 올리기 전 자기 고향에 먼저 가보는 게 어떻겠냐며 설득했다. 그것도 나 혼자서 말이다.

"나랑 같이 터키에 가면 물론 편하겠죠. 내가 통역해주면 가족이나 친척들과도 쉽게 친해질 수 있을 거예요. 근데 나 없이도 사람들과 친해질 수 있다면 모두가 예림 씨를 인정할 거예요. 어때요? 해볼래요?"

알파고의 언변에 또 넘어갔다.

이왕 가문의 큰며느리가 되는 거 사람들에게 호감과 신뢰를 얻는 건 중요한 일이었다. 나는 겁도 없이 알겠다고 답했다.

혼자 터키에 가겠다는 소식에 한국에 사는 터키 친구들은 믿을 수 없다는 반응을 보였다. 이야기의 중심은 남편의 고향, 동부 끝자락에 있는 '으드르'에 집중됐다.

"으드르에 간다고? 거기는 터키 사람들도 안 가는 곳인데. 정말 혼자 갈 수 있겠어?"

친구들의 한결같은 반응에 불안했지만 이미 약속을 해버려 물릴 수도 없었다.

인천에서 이스탄불까지 열한 시간을 날아간 뒤 현지 공항에서 네 시간을 대기했다. 알파고의 동생들이 살고 있는 도시로 가려면 다시 국내선 비행기를 타고 두 시간을 가야 했다.

터키는 두 얼굴을 하고 있었다.

이스탄불 공항을 오가는 터키인들은 여느 유럽인들과 다를 바 없이 자유분방한 옷차림을 하고 커플들의 애정표현은 눈살을 찌푸리게 만들 정도였다. 게다가 어딜 가나 전 세계에서 몰려든 외국인들로 붐볐기에 나에게 눈길을 주는 사람은 거의 없었다.

반면 터키 동부로 떠나는 비행기 탑승객들의 분위기는 사뭇 달랐다. 대부분의 여자들은 머리에 히잡을 두르고 발목까지 오는 길고 어두운 색의 코트를 입고 있었다. 나이가 지긋한 남자들의 머리에는 예배할 때 쓰는 둥근 모자가 얹혀있었다. 거기에 외국인이라고는 동양에서 온 나밖에 없으니 모든 눈동자가

나 홀로 떠난

남편의 고향 땅

나를 향했다.

공항에 도착하니 알파고의 동생들이 기다리고 있었다. 생전 처음 만났지만 세상에서 제일 친한 친구를 만난 것처럼 마음이 놓였다.

호숫가 옆 식당에 앉아 구글 번역기를 돌려가며 간신히 이야기를 이어갔다. 우리는 웃고 떠들었다. 동생들은 나를 살뜰히 챙겨주었다.

다음 날 아침, 남동생 오메르와 함께 터키 친구들의 화제가 됐던 그 유명한 으드르로 향했다.

안전벨트도 없는 작은 버스에 몸을 실었다.

냉동고 같은 버스에서는 숨을 내뱉을 때마다 하얀 입김이 새어 나왔다. 버스는 곳곳이 얼음으로 뒤덮인 도로를 미끄러지듯 달렸다. 얼마나 속도를 내던지 결혼식을 치르기도 전에 세상과 작별인사 하는 건 아닐까 마음을 졸였다.

하지만 금세 척박하고 황량한 이국적인 풍경이 눈에 들어왔다. 뻥 뚫린 하늘은 투명했고 구름은 드문드문 솜이불처럼 얇고 넓게 깔려있었다. 나무 한 그루 없는 대머리산에는 흰 눈이 쌓여있었다. 창밖 세상에 마음을 빼앗긴 사이 노아의 방주가 멈췄다는 5,000미터의 아라랏산이 보이기 시작했다.

버스는 나와 남동생, 가방 두 개를 남겨놓고 떠났다. 눈앞에 보이던 으드르는 상상 속 모습과는 달라도 너무 달랐다. 분명 도시라고 했는데 비포장 도로에는 먼지가 가득하고 높은 건물이라곤 찾아볼 수 없었다. 결혼한다고 새로 장만한 가방은 흙탕물이 튀어 10년은 더 쓴 것처럼 낡아있었다. 알파고에 대한 배신감이 스멀스멀 올라오고 있었다.

모험은 이제부터였다. 무거운 짐을 끌고 울퉁불퉁한 길을 걸어 겨우 집 앞에 도착했다. 대문 앞에서 기다리던 어머님은 나를 보자마자 감동의 울음을 터뜨리셨다. 처음 만나는 어머님의 눈물에 도대체 어떻게 해야 할지 몰라 당황스럽기만 했다.

어머님의 손에 이끌려 마당에 들어선 나를 보자 아버님은 양 한 마리를 도살했다. 그리고 죽은 양에서 흘러나오는 따뜻한 피를 내 이마 한가운데에 찍었다.

양고기가 주식인 터키 동부에서는 귀한 손님이 오면 양고기를 대접한다는데 나는 양 한 마리가 죽었다는 생각에 그저 괴롭기만 했다. 게다가 피가 철철 흐르는 양을 눈앞에서 보는 건 충격적이었다.

이게 끝이 아니었다. 현관에 들어서자 내 머리로 무언가가 우두두두 떨어졌다. 사탕이었다.

현관 앞에서 기다리던 친척들이 나를 향해 사탕을 뿌렸는데 사탕 각각의 크기가 무려 손가락 두 마디 정도였다.

행복을 시샘하는 나쁜 귀신을 사탕으로 달래 보낸다는 의미라지만 사탕 따위로 귀신이 물러날 일도 없거니와 시차 때문에 비몽사몽하던 차에 손가락만 한 사탕 세례는 날벼락이었다.

신발을 벗기가 무섭게 고모들은 내 손을 이끌고 손님방으로 데려갔다. 방 안은 빠른 속도의 터키 전통 노래와 후끈한 열기로 꽉 차 있었다. 친척들은 서로의 손을 잡고 오른쪽, 왼쪽으로 몸의 방향을 바꿔가며 열정적으로 춤을 추었다. 정신을 차리고 보니 나도 몸을 오른쪽, 왼쪽으로 흔들고 있었다.

저녁은 양고기였다. 매콤한 라면에 파를 송송 썰어 넣고, 김

길고 긴 이 밤이
끝나지 않을 것만 같았다.

치와 함께 푹 끓여 먹고 싶은 마음이 굴뚝같았지만 현실은 기름을 잔뜩 머금은 양고기였다. 나 때문에 목숨을 잃어야 했던 바로 그 양이었다.

겨우 고기 한쪽을 입에 넣고 천천히 씹고 있는데 차갑게 식어 생긴 촛농 같은 양 기름이 자꾸만 혀에 닿아 떨어질 줄 몰랐다.

밤 11시가 돼서야 친척들은 집으로 돌아갔다.

배에서는 꼬르륵 소리가 났고 차가운 공기에 자꾸만 몸이 떨려왔다.

알파고가 너무나 원망스러웠다.

새로운 문화에 적응하고 새로운 사람과 만나는 것은 누구보다도 자신 있는 나였지만 평생 함께해야 한다고 생각하니 왠지 모를 두려움과 거부감에 몸이 움츠러들었다.

'내가 버텨낼 수 있을까…….'

방문을 닫고 침대 모서리에 앉아 무릎 사이에 얼굴을 파묻었다. 알파고 가족과 친척들의 따뜻한 보살핌을 생각하며 눈물을 꾸역꾸역 삼켰지만 그래도 길고 긴 이 밤이 끝나지 않을 것만 같았다.

"으드르에 오신 고슨 한연함니다."

그동안 갈고 닦은 시아버지의 한국말에

어색함은 저 멀리 날아가 버렸다.

생전 처음 해보는 터키식 인사에

가족들은 어찌할 바를 몰랐지만

금세 얼굴에는 웃음꽃이 피어올랐다.

우리의 선택을 이해하고 받아들인 두 가족은

온 마음을 다해 서로를 맞이했다.

우리가 만든 ____________________

____________________작은 기적

터키에서 치르는 우리의 결혼식이 이틀 앞으로 다가왔다. 한 시간 후면 으드르 공항에 가족과 친구들이 도착할 것이다.

어머님은 며칠 전부터 집안 곳곳에 켜켜이 쌓여있던 묵은 먼지를 털어내고, 정원의 잡초를 말끔히 정리했다. 부엌에는 요리 준비를 도우려는 동네 아주머니들로 북적였다. 친척 동생들은 준비된 음식들을 식탁 가운데로 가져다놓았다.

모든 사람들은 물론 집 안의 공기마저 어머님의 지휘 아래 척척 움직이고 있었다. 하나씩 제자리를 찾아가는 물건들을 보고 있자니 긴장이 온몸으로 전해졌다.

오늘따라 유독 으드르의 초라한 모습이 눈에 들어왔다. 고풍스러운 건물과 도시 한가운데를 가로지르는 바다가 있는 이스탄불처럼 독특한 분위기를 자아내는 것도 아니고 깔끔하고 현대적인 앙카라와는 더더욱 거리가 멀었다. 만년설이 내려앉은 아라랏산이 으드르를 내려다보는 풍경은 장관이었지만 한국인의 눈에는 그저 생기를 잃어버린 시골 읍내처럼 보일 게 뻔했다.

결혼식이 있기 불과 몇 개월 전 으드르에 공항이 생긴 건 불

외할머니와 시부모님이
활짝 웃으며 껴안는 모습을 보며

큰 고비는 넘겼다고 생각했다.
역시 말은 안 통해도 진심은 통하는 법이다.

행 중 다행이었다. 공항이 없었다면 이스탄불에서 주변 도시로 날아온 뒤 세 시간 이상 차로 이동하거나 최악의 경우 고속버스로 25시간 넘게 달려와야 했으니 말이다.

결혼 후 한국에서 살겠지만 우리 부모님이 이 결혼을 온전히 기뻐할 수만은 없을 거 같았다. 언젠가 한국을 떠나 터키에 터전을 잡게 된다면 무슨 일이 생겨도 한걸음에 달려갈 수 없는 데다가 외로움은 이방인의 숙명이라는 것쯤은 알고 있기 때문이다. 내 인생이라 내 마음대로 결정해버렸지만 부모님이 상상하던 결혼과는 너무 멀리 떨어져 있었다.

이런저런 생각으로 머리가 복잡해질 무렵 우리 가족이 공항 게이트를 빠져나오고 있었다. 할머니, 할아버지, 엄마, 아빠, 여동생 둘, 친척 동생, 거기에 친구 다섯 명과 알파고 제자 두 명이 게이트를 통과했다. 이 모습을 지켜보는 으드르 사람들의 눈이 휘둥그레졌다. 작은 도시에 한국인들이 떼를 지어 오니 말이다.

나는 얼른 달려가 할머니와 할아버지를 껴안았다. 할머니는 내 귀에 속삭였다.

"너 내가 왜 여기까지 왔는지 알지? 이상한 집으로 시집가는 거면 당장 데리고 올 줄 알아."

결혼식을 올리기 전에 상견례가 있기 마련이지만 거리가 거리이니만큼 상견례를 할 수 없었다. 약혼식 때 잠시 영상통화로 얼굴을 본 게 전부였다.

두 가족의 첫 만남이 어색하지는 않을지 우려하고 있던 찰나 시아버지는 대문으로 달려 나와 우리 가족을 맞았다.

"으드르에 오신 고슨 한연합니다."

시아버지는 그동안 갈고 닦은 한국어를 뽐냈다.

이 한마디에 어색함은 저 멀리 날아가버렸다. 서로의 양 볼을 마주 대는 터키식 인사를 할 때 가족들은 생전 처음 해보는 인사 방식에 어찌할 바를 몰라 했다. 하지만 금세 얼굴에 웃음꽃이 피어올랐다. 아버님은 할머니와 할아버지의 손을 잡고 손님방으로 안내했다. 이끌리듯 집 안으로 들어가던 할머니는 고개를 돌려 나에게 한쪽 눈을 찡긋거렸다.

따뜻한 정으로 따지자면 한국인보다도 더한 터키인들의 마술에 할머니도 걸려든 게 분명하다.

터키 남자와 결혼한다고 했을 때 참 많은 사람에게서 우려와 질타를 받았다.

"터키 남자는 다 바람둥이래."

"일부다처제라 부인을 몇 명씩 둘 수 있다던데? 너 둘째 부인 아냐?"

"터키 남자들은 보수적이라던데……. 네 남편도 네 사회생활을 못하게 할지도 몰라! 공부한 거 아깝지 않겠어?"

"히잡 쓰라고 강요하는 거 아닐까?"

"남편 될 사람, 신분은 확실한 거야?"

이런 반응에는 몇 가지 이유가 있었다. 터키라는 국가가 낯설다는 게 한몫을 차지했고 인터넷에 떠도는 무성한 이야기들은 등골을 오싹하게 만들었다. 터키 여행지에서 겪은 사건들이 대다수였는데 문제는 일부 터키인의 잘못된 행동이 모든 터키 남자의 행동으로 받아들여지고 있다는 데 있었다.

사람들은 "네가 뭐가 부족해서 터키 남자랑 결혼하냐?"고 말했다. 하지만 터키 사람들이라고 해서 한국 여자와의 결혼을 두 팔 벌려 환영했을까.

"알파고, 네가 뭐가 부족해서 한국 여자랑 결혼하려는 거니?"

알파고 가족들이 생각하는 한국 여자의 이미지는 하나같이 자기중심적이고 사치가 심한 사람이었단다. 그런 이미지를 심어준 것은 바로 한국 드라마였다.

우리는 둥근 식탁에 마주 앉아 정성이 담긴 터키 음식을 먹기 시작했다. 쫄깃쫄깃한 식감이 일품인 따뜻한 빵, 올리브유와 레몬즙으로 맛을 낸 개운한 샐러드, 다진 마늘이 들어간 요거트 소스를 머금은 야채 오븐 요리, 고소하고 바삭하게 튀겨낸 빙어, 다진 고기와 쌀을 포도 잎사귀에 돌돌 말아 삶아낸 살마까지. 처음 맛보는 요리가 생소했을 법도 했지만 우리 가족은 어머님의 정성 담긴 음식을 맛있게 먹었다.

나는 느끼고 있었다. 우리의 선택을 이해하고 받아들이기 위해 두 가족이 온 마음을 다해 이 순간을 맞이하고 있다는 것을 말이다.

이날, 우리가 만든 건 작은 기적이었는지도 모른다.

여기가 터키에서 가장 보수적이라는 도시라고?

가슴골이 훤히 들여다보이는 드레스에

10센티미터는 족히 넘어 보이는 킬힐.

술을 마신 것도 아니고

화려한 조명이 있지도 않은 이곳은

이미 핫하디핫한 클럽.

결혼을 축하해주러 온 건지

파티에 참석하려고 결혼 축하를 해주는 건지

헷갈릴 지경이다.

헤나의 ______________________ 밤

짧고 굵게 끝나는 한국 결혼식과 달리 터키의 결혼식은 이틀에 걸쳐 진행된다.

첫째 날 저녁에는 '헤나의 밤'이 열린다. 결혼을 앞둔 신부를 위해 다과를 즐기며 밤늦도록 춤을 추는 파티이다. 특이한 점이라면 여자 손님들만 초대한다는 것이다.

신부들은 보통 터키 전통 의상을 입는데 나는 이날을 위해 곱디고운 한복을 준비했다.

유치원 때 엄마가 사준 새하얀 저고리와 연분홍 치마를 입어본 지 20년이 훌쩍 지나있었다. 한복을 입은 모습이 낯설기만 했다.

파티 장소로 들어간 순간 나는 눈을 의심했다.

'여기가 터키에서 가장 보수적인 도시라고?'

젊은 손님들은 신부인 나보다도 화려한 복장에 10센티미터는 족히 넘어 보이는 킬힐을 신고 있었다. 눈도 크고 속눈썹도 긴데다 아이라이너까지 진하게 그려 넣어서인지 눈이 왕방울만 했다.

결혼을 축하해주려 파티에 참석한 건지 파티에 참석하려고 결혼 축하를 해주는 건지 헷갈릴 지경이었다.

신나는 음악에 맞춰 하객들은 흔들흔들 리듬을 타기 시작했다. 분위기가 점점 달아오르자 하객 한 명이 미끄러지듯 무대 중앙으로 나가더니 갑자기 브레이크댄스를 추는 게 아닌가.

하객들은 환호성을 질렀고 머리 위로 손을 흔들면서 떼창을 시작했다.

"Put your hands up, put your hands up!"

기분을 업시켜줄 술을 마신 것도 아니고 화려한 조명도 아닌 형광등 밑이었지만 이곳은 이미 핫하디핫한 클럽이 되어있었다.

흥분한 터키 하객들과 달리 이 모습을 빤히 지켜만 보는 이들이 있었으니 바로 한국 손님들이었다.

알파고 친척들이 연신 외할머니와 엄마를 무대로 끌어내려 했지만 엄숙한 표정과 단호한 손짓으로 거부하고 있었다.

춤을 춘다는 상상만으로도 부끄러웠는지 얼굴부터 귀까지 다 빨개졌다. 무리 속에서 겨우 손뼉만 치다 얼마 안 가 금방 자리로 돌아왔다. 지금까지 살면서 춤을 춰본 경험도 없을뿐더

이곳은 이미 핫하디핫한 클럽

러 생전 처음 보는 사람들 앞에서 춘다는 것은 불가능한 일에 가까웠으리라.

"내가 살다 살다 너 때문에 별 경험을 다 해본다."

사람들이 더 이상 무대로 끌어내지 않자 엄마는 한시름을 놓았다는 표정을 지으며 멋쩍게 웃었다.

잠시 자리에 앉아 쉬고 있는데 홀에 있던 모든 전등이 꺼졌다. 한쪽에서 대기하던 친구들이 줄지어 홀로 들어오고 있었다. 하얀 구슬이 박힌 빨간 머리띠를 하고 양손에는 초를 쥔 채 음악에 맞춰 손을 위아래로 흔들었다.

누군가 홀 중앙에 의자를 가져다놓았고 나는 손에 이끌려 그곳에 앉았다. 그 사이 고모는 내 머리에 빨간 천을 덮고 두 손에 헤나가 담긴 빨간 주머니를 쥐어주셨다.

그때 음악이 흘러나오며 노랫소리가 홀을 가득 메웠다. 들떠 있던 분위기가 천천히 가라앉고 있었다.

높은 언덕에 집을 짓지 마오.

딸들을 먼 곳에 보내지 마오.

엄마의 보배인 소중한 딸을 아프게 하지 마오.

새들이 내 마음을 전해주기를.

부모님이 너무 그립구나. 내 고향도.

아버지에게 말이 있었다면

한걸음에 달려왔을 텐데.

어머니에게 작은 배가 있었다면

나에게 올 수 있었을 텐데.

내가 어디로 가는지 형제들이 알 수만 있다면

나를 찾아올 수 있을 텐데.

알파고 외할머니는 내 옆에 서서 몇 번이나 천을 들었다 놓으며 내가 눈물을 흘리는지 확인하셨다.

과거에는 결혼해서 먼 길을 떠나는 여자는 친정을 방문하기가 쉽지 않았다. 그래서 결혼식을 앞둔 신부와 가족은 매우 슬픈 밤을 보낼 수밖에 없었다. 그런 신부와 가족을 위로하기 위해 친척과 친구들은 헤나의 밤을 준비해 신부를 축복했고 머리에 빨간 천을 덮어 신부가 마음 편히 울 수 있도록 배려했던 것이다.

터키 하객들은 내 눈물을 기다리고 있었다. 하지만 이런 상황을 알 리 없던 나는 빨간 천 아래에서 키득키득거렸다. 터키 남자와 사랑에 빠져 모두의 반대를 무릅쓰고 하루아침에 수천 킬로미터를 날아와 처음 보는 사람들 앞에서 새빨간 천을 뒤집어쓰고 있다는 게 믿기지 않았다. 눈물은커녕 웃음이 자꾸 새어나와 입을 틀어막아야 할 지경이었다.

의식을 마치고 자리로 돌아오는데 멀리서 나를 바라보는 엄마와 시선이 마주쳤다. 슬픈 듯 행복한 듯 대견한 듯 한 단어로는 도저히 설명할 수 없는 오묘한 표정을 짓고 있었다. 엄마를 보자 눈물이 핑 돌았다.

철없는 딸은 배실배실 웃으면서 그렇게 슬프다는 의식을 마쳐가고 있었다.

결혼식은 ______________________________

______________________________올릴 수 있을까

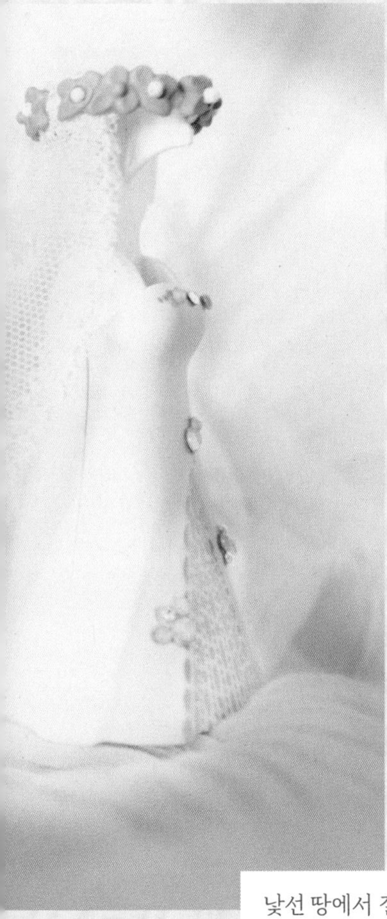

낯선 땅에서 결혼 준비를 하는 동양인의 간곡한 부탁에
'안 된다'고 말하는 사람은 아무도 없었다.
어려울 수는 있어도 못할 것도 없으니 안심하라고 했다.
내가 무엇을 요구하던
그들은 그저 '오케이! 오케이!'라고 답했다.

살다 보면 한 번도 상상하지 못했던 길로 들어설 때가 있다. 나에게는 결혼이 그랬다. 20대에 결혼할지 몰랐고, 터키 국적을 가진 남자는 내 남편감 리스트에 없었다.

터키 결혼식도 마찬가지였다.

한국에는 전문적으로 결혼 준비를 돕는 웨딩플래너가 있지만 터키에서는 하나부터 열까지 내 손을 거쳐야 했다. 언어가 통하지 않는 상황에서 엄청난 도전이었다. 게다가 이곳은 대도시 이스탄불이 아니라 터키 사람들도 잘 가지 않는다는 으드르였다.

알파고 고향에 도착해 가장 먼저 찾은 곳은 드레스숍이었다.

터키로 오기 전 알파고는 걱정하는 나를 달랜답시고 이렇게 말했다.

"으드르는 터키 동부의 파리예요!"

으드르도 나름 잘나가는 도시이고 이란, 아제르바이잔 그리고 이라크와 국경을 맞대고 있는 만큼 무역이 활발해 내가 원하는 디자인의 웨딩드레스를 반드시 찾을 수 있을 거라고 말이다.

인생에서 단 한 번뿐인
결혼식일 거라 생각하니
모든 것이 완벽해야 했다.

하지만 시장통에 들어서자 내 기대는 와장창 무너져내렸다.

골목에는 서너 개의 드레스숍이 줄지어있었는데 가게 앞에 전시된 마네킹들은 색이 바라거나 페인트가 벗겨져 으스스한 몰골을 하고 있었다. 레이스와 큐빅이 과하게 박힌 드레스를 걸치고 있으니 유령 신부가 따로 없었다.

나는 아래 입술을 꽉 깨물었다.

'파리 같은 소리하고 있네!'

내 표정을 살피던 시누이는 첫 번째 가게로 나를 끌고 갔다.

엄청난 드레스를 원한 것도 아니었다. 그저 차분하고 깔끔한 드레스를 원할 뿐이었다. 쇄골이 살짝 드러나고 잔잔하게 수가 놓인 레이스가 팔을 감싸고 부드러운 느낌을 주는 실크로 치마를 만들고 그 위에 투명한 느낌을 더해주는 레이스를 두른 드레스. 디즈니 애니메이션에서나 나올 법한 뽕치마가 아닌 입으면 자연스럽게 '톡' 하고 떨어지는 드레스 말이다.

문제는 이 느낌을 터키어로 설명하기가 불가능에 가까웠다는 것이다. 번역기를 돌려가며 최선을 다해 설명했지만 다들 눈만 깜빡였다. 떨리는 나의 눈동자를 알아챈 건지 드레스숍 주인아주머니는 말했다.

"내가 이래봬도 이스탄불 디자인학교 1기 졸업생이에요. 으드르에 있어도 실력만큼은 절대 이스탄불에 뒤지지 않으니 한 번 믿고 맡겨봐요."

계약금을 지불하고 집으로 돌아와 알파고에게 전화를 걸었다. 알파고도 미안했던지 원하는 디자인이 나오지 않으면 이스탄불에 가서라도 드레스를 구해오겠다고 했다.

그러나 도대체 이게 가당키나 한 말인가. 내 성격을 꿰뚫고 있는 알파고는 내가 결코 그런 무모한 결정을 하지 않으리라는 걸 알았을 것이다. 그러니 드레스가 마음에 쏙 들어야만 했다.

부케도 문제였다. 으드르에서 생화 부케는 찾을 수 없었다. 있는 거라곤 가짜 진주가 콕콕 박혀있고 큼직하고 화려한 색감의 꽃으로 장식된 조화 부케였다. 꽃에는 펄이 발라진 플라스틱 수술이 덜렁대고 있었다. 이런 조화 부케는 우리 부모님 결혼식 사진 때 본 게 마지막이었는데.

우선 생화를 찾아 나섰다.

두 시간에 걸쳐 으드르 시내 구석구석을 돌아다니다 다양한 종류의 생화를 파는 꽃가게를 발견했다. 안타깝게도 꽃집 아저씨는 생화로 부케를 만들어본 경험이 없었다. 하지만 생화 부케를 간절히 원하는 외국인을 위해 어떻게든 노력해보겠다고 약속했다.

가게에 있는 꽃을 찍어 친구들에게 전송했다. 그리곤 어떤 조합으로 부케를 만들 수 있을지 아이디어를 구했다. 친구들은 아저씨가 생화 부케를 처음 만드는 만큼 하얀 튤립으로만 부케를 만드는 게 좋겠다는 의견을 주었다.

부모님께는 두꺼운 크림색 리본과 레이스 끈을 부탁했다. 결혼식 전날 아저씨께 부케 샘플 사진과 함께 서울에서 공수해온 재료들을 전달했다.

마지막으로 신부 화장과 머리를 해줄 미용실을 찾아다녔다.

'딸랑딸랑'

문을 열고 들어간 가게 안에는 머리를 손질하는 사람들로 북적였다. 낯선 동양인의 등장에 사람들의 시선이 나에게 꽂혔다. 잔머리 하나 없이 깔끔하게 머리를 올린 미용실 원장님이 반갑게 맞아주셨다.

나는 아이패드에 고이 담아온 사진 몇 장을 보여주며 가능한지 여쭈었다.

"으드르 신부들 대다수가 이 가게를 찾아요. 제가 얼마나 실력이 좋은지 머리가 끝나고 나면 알 거예요."

집에 돌아와 침대에 드러누웠다. 바짓단에는 뿌옇게 먼지가 묻어있었지만 손가락 하나 움직이지 못할 만큼 피곤했다.

'터키 결혼식, 잘 끝낼 수 있을까?'

지금까지 만난 터키인들 중에 '안 된다'고 말하는 사람은 아무도 없었다. 어려울 수는 있어도 못할 것도 없으니 안심하라고 했다. 내가 무엇을 요구하든 그저 '오케이! 오케이!'라고 답할 뿐이었다.

도대체 이런 자신감은 어디서 나오는지 확인할 길은 없지만 알파고가 살아가는 삶의 태도와 닮아있었다. 되든 안 되든 부딪혀보는 도전정신이랄까. 물론 나는 무조건 되어야 했지만 말이다.

이제 노력한다고 달라질 건 없었다. 알파고와의 결혼을 결심할 때부터 그랬듯이 나는 던져진 내 운명을 믿어보기로 했다.

이런 결혼식은 ______________________

처음입니다만 ______________________

터키 결혼식이 문득문득 내 마음을 두드린다.

반쪽만 마음에 들던 웨딩드레스

공중에서 분해된 생화 부케

단체 댄스 후유증으로 아팠던 새끼손가락

폭죽 터지는 소리에 깜짝 놀라 머리 박치기한 것.

모든 것이 엉성하고 촌스럽기 그지없었지만

나와 알파고가 만들어낸 이 세상에 단 하나뿐인 결혼식.

꿀피부 한번 만들어보겠다고 얼굴에 팩을 붙이고 잔 게 화근이었다.

마스크팩 한 장에 내가 연예인이 되는 것도 아닌데 혹시나 하는 마음에 붙였다가 끈끈한 에센스에 자꾸만 머리카락이 달라붙어 간지럽히는 바람에 잠을 설쳐버렸다.

피곤한 눈을 깜빡이며 아침 8시, 신부 머리를 시작했다.

드라이기로 컬을 만든 후 실핀과 스프레이로 모양을 만들어 갔다. 원장님 솜씨가 얼마나 야무진지 머리 위에서 피아노 건반을 두드리는 것 같았다. 실핀을 100개쯤은 꼽았겠다 싶을 만큼 묵직해졌을 때 머리가 완성됐다. 이후 곧바로 메이크업이 시작됐다.

"어, 어! 바란, 잠깐 여기 좀 와줘! 빨리빨리!"

다급하게 시누이를 불러댔다.

메이크업이 시작되기 전부터 '자연스럽게'를 수도 없이 강조했는데 어느새 내 얼굴은 경극 배우가 되어가고 있었다. 선이 뚜렷한 터키 사람들에게나 어울릴 법한 짙은 화장이었다.

신부의 얼굴을 최대한 화사하고 자연스럽게 꾸미는 한국 스타일과 달리 터키에서는 짙은 화장을 선호한다. 얼굴의 윤곽을 돋보이게 하는 쉐이딩으로 광대뼈는 하늘로 치솟을 기세였고, 눈두덩이에는 새파란 아이섀도가 칠해져 화가 난 것처럼 보였다. 가까스로 자연스러운 색감의 아이섀도를 발랐지만 이게 다가 아니었다.

그동안 신부 화장의 꽃은 가짜 속눈썹이라고 생각해왔는데 미용실에는 속눈썹은커녕 뷰러도 없었다. 결국 나는 앞으로 쭉 뻗은 짧은 속눈썹에 대충 마스카라만 바르고 식장으로 갈 수밖에 없었다.

메이크업이 마음에 들지 않아 속상하던 차에 부케를 받은 순간 화가 머리끝까지 났다.

새하얀 튤립은 만개해 이파리가 떨어지기 직전이었고 꽃이 물을 충분히 머금지 않아 축축 처져 있었다. 어떤 튤립은 시들어 갈색으로 변해있었다.

알파고는 어찌할 바를 모른 채 내 눈치만 살피고 있었다.

식장에 도착해 우리는 곧장 2층 대기실로 갔다.

창문으로 힐끔 쳐다본 홀에는 족히 700명은 모인 것 같았다. 이미 예식장은 무도회장이나 다름없었다. 남자 하객들은 밴드 음악에 맞춰 어깨를 들썩이며 현란한 춤 솜씨를 뽐내고 있었고, 그 옆에는 알파고가 일하는 언론사에서 결혼식 취재를 위해 파견한 스태프들이 자리 잡고 있었다. 이 장면을 보고 있자니 다리가 후들거리고 숨이 가빠왔다.

온전히 주인공이 되는 시간이었다.

홀의 모든 조명이 꺼지고 핀 조명 하나만이 2층 대기실 입구를 비추었다.

알파고와 나는 손을 잡고 입구에 나와 섰다. 조명이 얼마나 센지 눈앞에는 아무것도 보이지 않았다. 속으로 주문을 외웠다.

'자빠지면 안 돼, 자빠지면 안 돼.'

2층에서 1층까지 약 40개의 계단이 있었는데 드레스 길이가 구두를 덮을 정도로 길었고, 10센티미터가 넘은 힐은 아슬아슬하기만 했다. 구두 바닥은 바나나 껍질처럼 미끌거렸다.

한 계단, 한 계단, 간신히 1층까지 내려와 숨을 고르고 있는 사이 블루스 음악이 나왔다. 이렇게 많은 사람의 주목을 받으며 춤을 춰야 한다는 사실을 깨닫고는 심장이 쿵쾅거렸다.

당황한 나머지 눈알을 요리조리 굴리고 있는 나에게 알파고는 속삭였다.

"원래 터키에서는 이렇게 해요. 하기 싫어도 제 손 잡고 춤을 추세요. 모두가 지켜보잖아요. 정말 미안해요."

나무 막대기처럼 다리만 이리저리 움직이고 있는데 어디서 '팡' 하는 소리와 함께 눈앞에서 불꽃이 터졌다. 너무 놀란 나머지 나는 싸움소처럼 알파고의 이마를 냅다 들이받아 버렸다.

"오!!!!!!"

하객들의 탄식이 터져 나왔다. 나는 멍해진 정신을 부여잡고 부축을 받으며 자리에 앉았다. 머리에는 작은 혹이 올라왔다.

터키 결혼식은 한국처럼 딱 짜인 순서가 없다.

신랑 신부가 입장한 후 자리에 앉으면 친척과 친구들이 다가와 축하인사와 선물을 건넨다. 여자 하객이 오면 나는 자리에서 일어나 함께 사진을 찍고 왼쪽에 한 번, 오른쪽에 한 번씩 볼을 맞대는 인사를 했다. 인사를 하러 온 하객 수만 어림잡아도 200명은 됐는데 앉았다 일어났다를 반복하다 보니 내 체력은 땅 밑으로 파고 들어갔다.

웃는 얼굴로 하객을 맞으면서도 옆에 있던 알파고에게는 복화술로 온갖 악담을 퍼부었다.

자리에 앉아 겨우 숨을 고르고 있는데 결혼식의 하이라이트, 댄스 타임이 시작됐다. 하객들은 홀 중앙으로 모여들었다. 한쪽에는 남자 하객들이, 다른 한쪽에는 여자 하객들이 커다란 원을 이중 삼중으로 만들었다. 밴드의 음악에 맞춰 단체로 춤을 추기 시작했다. 서로의 새끼손가락을 걸고 한 방향으로 돌며 오른쪽 무릎, 왼쪽 무릎을 굽혔다 편 후 팔을 앞으로 두 번 돌린다. 오른쪽으로 한 걸음, 왼쪽으로 한 걸음을 옮긴 후 옆으로 이동하는 동작을 반복했다.

지난 2주 동안 하루도 빠짐없이 춤 연습을 했던 노력이 빛을 발하는 순간이었다. 나는 옆 사람의 새끼손가락을 걸고 춤을 곧잘 소화해냈다. 단체로 춤을 추니 부끄러움은 반으로 줄어들고 즐거움은 두 배로 커졌다.

하객들은 먼 이국땅에서 온 신부가 쿠르드 춤을 추는 모습

로맨틱한 결혼식을 꿈꿨는데
숨이 턱 막히는 웨딩드레스와
발이 꽉 조이는 구두를 벗고 싶다는
생각뿐이었다.

을 보고 기뻐했다.

이렇게 끝났으면 참 좋았을 텐데 갑자기 스피커에서 귀에 익은 전주가 흘러나왔다.

띠디디 띠띠띠띠 띠디디디디디디,

띠디디 띠띠띠띠 띠디디디디디디~

당시 전 세계는 '강남스타일'의 매력에 푹 빠져있었다. 으드르도 예외는 아니었다. 사회자는 한국 하객들을 전부 무대로 불러 모았다. 불길한 예감에 수차례 손사래를 치며 뒷걸음질을 쳤지만 소용없었다. 관객들은 새하얀 웨딩드레스를 입은 신부가 양 다리를 흔들며 말춤 추기를 고대하고 있었다.

'뭐, 뭐? 장난해……? 말춤을 추라고……?'

이미 홀은 손뼉 소리로 가득했다.

나는 피할 수 없었다. 등과 겨드랑이에서 땀이 송글송글 맺히는 게 느껴질 정도였다. 알파고에게 레이저를 발사했으나 자신의 영역 밖이니 어쩔 수 없다는 표정을 지어 보이며 내 눈을 은근히 피하고만 있었다.

나는 스스로를 다독여야 했다.

'이건 내가 태어나서 처음이자 마지막으로 추는 말춤이다. 두 번 다시 이런 순간은 오지 않을 거야. 에라이, 모르겠다!'

드디어 결혼식의 마지막 순서, 부케 던지기였다.

미혼인 여자 하객 30명이 내 앞으로 모여들었다. 터키에는 신부의 부케를 받는 사람은 조만간 결혼식을 올릴 거라는 속설이 있다. 이들의 욕망의 크기를 가늠할 수 없던 나는 순진하게 몸을 돌려 부케를 힘껏 날렸다.

"꺄악! 꺄악!!!"

비명 소리에 고개를 돌려보니 바닥이 난장판이었다.

둘째 고모의 셋째 딸은 줄기만 앙상하게 남은 부케를 들고 우승 트로피를 딴 사람처럼 흔들어대고 있었다. 그녀가 오늘의 승자였다.

나는 이 광경이 믿기지 않아 웃음이 터져 나왔다.

부케 받을 사람을 결혼식 전부터 지정하고 사진사가 알려주는 우아한 자세로 부케를 던져야만 오케이 사인이 떨어지는 한국 결혼식과는 달라도 너무 달랐다. 터키 결혼식에서 생화가 아닌 조화 부케를 쓰는 이유를 깨달은 건 두말할 것도 없었다.

결혼식이 끝나고 사진을 살펴보니 더 가관이었다. 하객들은 농구 골대에서 튕겨져 나온 공을 잡으려는 선수들처럼 무릎을 살짝 굽힌 후 두 팔을 무릎에 올려놓고 뛰어오를 자세를 취하고 있었다. 부케가 던져진 순간 수십 명이 점프를 하는데 몇 명은 바닥에 고꾸라져 있고 하객들의 눈에서는 불꽃이 이글댔다. 꽃이 하객들의 머리 위에 떠있을 때 부케를 잡기 위해 세 명이 달라붙었는데 서로 몸싸움을 하는 과정에 부케가 산산조각이 났던 것이었다.

두 달 후 한국에서도 결혼식을 올렸다.

터키와는 달리 차분하고 한결 여유로웠다. 드레스와 부케도 마음에 들었고 메이크업도 예식장도 만족스러웠다.

그럼에도 터키 결혼식이 문득문득 내 마음을 두드린다.

반쪽만 마음에 들던 웨딩드레스, 공중에서 분해된 내 생화 부케도, 하도 춤을 춰서 새끼손가락이 찢어질 것처럼 아팠던 기억, 폭죽 터지는 소리에 머리 박치기를 한 것도 말이다.

모든 것이 엉성하고 촌스럽기 그지없었지만 나와 알파고가 만들어낸 이 세상에 단 하나뿐인 결혼식이었기 때문이다.

PM-15 6069

2부

알파고가 한국에서 살아남는 법

이름이 진짜 ____________________

____________________알파고라고요?

인공지능 알파고 덕에

어딜 가나 주목받는 터키 남자 알파고

바둑 대신 오목대전에 입문했지만

이름에 걸맞지 않게 연패하는 그에게 남긴 말

"알파고 resign"

온라인 게임 상대들은 알파고가

진짜 사람 이름이라고 상상치도 못했다.

그는 그런 그들에게 결국 절규하며 외쳤다.

"제 진짜 이름이 알파고라고요!"

몇 년 전, 네이버 검색어 1위에 '알파고'가 올랐다.

대한민국에서 이 이름을 가진 사람은 내 남편밖에 없는데 네이버 검색 1위라니. 드디어 이 남자가 한 건 터뜨린 건가 싶어 잔뜩 기대를 하고 클릭했다.

'인공지능 알파고와 이세돌의 세기의 대결'

다행인지 불행인지 내 남편은 아니었다.

구글이 개발한 알파고는 '알파(Alpha)'와 바둑을 의미하는 '고(Go)'가 합쳐진 인공지능이었다. 바둑 대결에서 인공지능 알파고가 승리를 거머쥐면서 그 이름은 사람들의 머릿속에 깊이 새겨졌다.

인공지능 알파고 덕에 남편은 어딜 가나 주목을 받았다. 물론 어떤 사람들은 '아니 도대체 어떤 정신 나간 부모가 자식 이름을 로봇 이름으로 지을 수가 있어?'라고 생각할지도 모르지만 내 남편이 구글 알파고보다 먼저 출시됐다는 것을 알아줬으면 좋겠다.

사실 남편의 전체 이름은 '알파고 시나씨'이다. 알파고가 성이고, 시나씨가 이름이다. 그런데 한국에서는 이름 뒤에 '씨'를

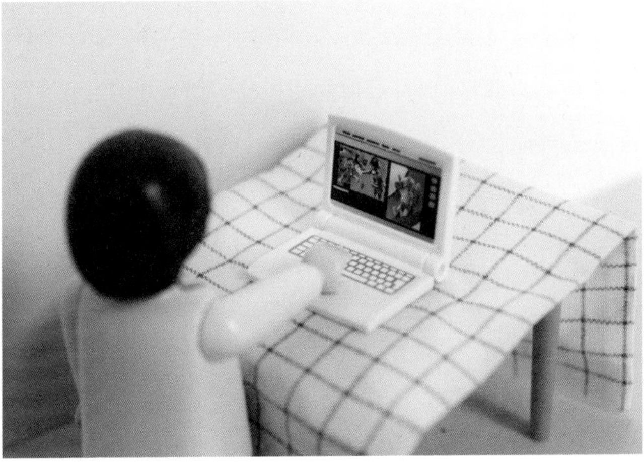

남편은 아직도 매일같이
자신의 이름 '알파고 시나씨'를
네이버에 검색해본다.

짠해 죽겠다.

붙이면 사람을 높이는 의미가 되기 때문에 사람들은 곧잘 알파고가 자신의 이름을 높여서 말한다고 여겼다. 그러다 보니 아무리 '알파고 시나씨까지가 제 이름입니다'라고 설명해도 사람들은 '알파고 시나'로 부르기 일쑤였다. 이런 일이 반복되면서 한국에서는 시나씨 대신 알파고를 이름으로 쓰기 시작했다. 우리로 따지면 '김씨, 윤씨'로 부르는 거다.

남편을 아는 사람들은 알파고가 유명해지자 다 같이 흥분 모드가 됐다. 사람들은 이세돌과의 바둑 대결을 다룬 기사 밑에 남편 이름을 태그하면서 하나 같이 이렇게 말했다.

"오~ 알파고~~~ 바둑까지 잘 두는지 몰랐는데~~~~"

어느 날, 반복되는 농담에 자극을 받았는지 남편은 갑자기 오목을 두겠다고 선언했다. 오목부터 차근차근 시작해 바둑까지 마스터하겠다고 말이다. 한 번 결심하면 당장 실천해야 직성이 풀리는 알파고는 갑자기 게임 사이트에 접속했다. 그렇게 오목 대결이 시작됐다. 안타깝게도 첫 판은 패배였다. 아쉬워하며 다음 대국을 기다리고 있는데 채팅창에 메시지가 떴다.

ㄴ, 꿀잼 컨셉임여. 님 오목계의 알파고? 초고수이실 듯. 한 수 한 수가 다 심오해 보임.

'오목계의 알파고'라는 예상치 못한 댓글에 배꼽이 빠질 것처럼 웃음이 터져 나왔다. 하지만 나와는 반대로 남편은 꽤나 심각한 표정이었다.

ㄴ, 아니요. 저는 초보자입니다…….

하지만 상대는 이 말을 믿지 않았다. 두 번째 대국이 시작됐다. 남편은 이름값을 하지 못하고 또다시 패배했다. 상대는 또다시 메시지를 보냈다.

ㄴ, 알파고가 일부러 한 수 물러줌. 감성까지 갖추심.

두 판을 연달아 지는 바람에 시무룩해져 있는데 상대는 계속 이름을 가지고 장난을 쳤다. 집중력을 끌어 모아 다시 도전했지만 그 뒤로도 몇 판을 내리 졌다. 상대는 이렇게 남겼다.

└→ 알파고 resign

남편은 알파고가 진짜 자기 이름이라고 답했다.

└→ 인터넷에 알파고 기자라고 치시면 나와요. 실제 인물 ㅋㅋ

그러나 여전히 상대는 알파고가 진짜 사람 이름이라고는 생각하지 못하고 있었다. 결국 알파고는 절규했다.

└→ 제 진짜 이름이 알파고 시나씨라고요!!

이세돌과의 대결이 있었던 지도 벌써 몇 년이 지났지만 여전히 사람들은 바둑 천재에게 쓰디쓴 패배를 안긴 인공지능 알파고를 잊지 않고 기억한다. 덕분에 알파고라는 이름이 어려워 몇 번씩 되묻는 사람들도 급격히 줄어들었고, 처음 만나는 사람들의 마음도 쉽게 열 수 있게 됐다.

지금은 인공지능 알파고가 더 유명하지만 열심히 살다 보면 언젠가 진짜 사람 알파고의 시대도 오지 않을까. 나는 그날을 손꼽아 기다린다.

알파고는 변죽이 좋다.
번뜩거리는 기발한 아이디어
사람들의 마음을 휘어잡는 언변
어떠한 상황에서도 굴하지 않는 당당함.
한국 땅에서 이방인으로 살아가면서도
자신의 목소리를 낼 수 있는 건
그의 넉살 덕분인지도 모른다.
나는 그의 뻔뻔한 넉살이 좋다.

넉살, ____________________

그가 가진 ________________ 최고의 무기

"아주머니, 아무래도 못 살 거 같아요. 저 지금 집사람 눈치 보고 있어요. 아시잖아요."

옷을 사려고 동대문을 찾았다. 알파고 손에는 셔츠 두 장과 여름용 하늘색 재킷이 들려있었다. 가격표에는 22만 원이라고 적혀있었는데 남편의 흥정으로 8만 원까지 떨어져 있었다. 집에 이미 비슷한 디자인에 비슷한 색깔의 여름용 재킷이 있었기 때문에 나는 가격과 상관없이 사지 않을 작정이었다. 살 마음이 없다는 걸 알아챈 아주머니는 다급해졌다.

"내가 3일 뒤에 이 가게를 접어. 그래서 내가 진짜 싸게 주는 거야. 다 합해서 12만 원에 가져가. 더 이상은 진짜 힘들어."

"그러지 마시고 신사임당 두 장으로 하시는 게 어때요? 저 와이프한테 미안해서 도저히 안 될 거 같아요. 정말 죄송해요. 그냥 셔츠만 살게요."

'22만 원짜리 재킷을 저 가격에 산다고? 대박인데?'

돌처럼 굳건했던 내 마음은 이미 금이 가고 있었다. 알파고의 저 뻔뻔함을 보고 있자니 아주머니께 죄송한 마음마저 들었다. 뭐든 빨리 구매해버리고 이 자리를 뜨고 싶었다. 아주머니는 우리의 최종 결정과 관계없이 셔츠와 재킷을 봉지에 담고 있었다. 아주머니도 보통이 아니셨다. 기싸움은 계속됐다.

"그럼 11만 5,000원에 줄게."

"셔츠만 포장해주세요."

아주머니는 한숨을 푹푹 뱉어냈다. 승리의 여신이 알파고를 향해 미소를 짓고 있었다.

"아오, 이 사람 정말 보통이 아니네. 내가 졌다졌어!"

아주머니는 알파고의 뻔뻔함에 두 손 두 발을 다 들었다. 알파고는 옷 봉지를 들고 아이처럼 낄낄거리며 나를 향해 승리의 브이를 그려보였다. 현금을 찾기 위해 현금입출금기에 도착할 때까지 아주머니는 신랑이 어쩜 이렇게 한국말을 잘하냐며 연신 칭찬하셨다.

"아주머니, 제가 어쩌다 결혼하게 됐을지 이제 상상이 가시죠? 이 사람 말에는 아무도 못 당해요."

알파고는 변죽이 좋다. 나는 뻔뻔함과는 거리가 매우 먼 사람이라 알파고의 넉살에 민망할 때가 한두 번이 아니다. 막 떠

남편은 옷 봉지를 들고
아이처럼 낄낄거렸다.

나려는 버스를 잡으려고 골목에서부터 손을 양 옆으로 높이 흔들며 큰소리로 "아저씨!"를 외친다. 거리에 있는 사람들의 모든 시선이 이 외국인에게 향하지만 그는 아랑곳하지 않는다. 물론 버스기사 열이면 열 모두 허허허 웃으시며 잠시 출발을 늦춰주신다.

새 휴대폰을 사고도 사은품을 따로 챙겨주지 않아 아쉬워하며 가게를 나오는 나를 대신해 선물도 척척 받아낸다. 가게 앞에 사은품으로 내놓은 26인치짜리 여행가방은 누가 받나 항상 궁금했는데 바로 우리였다.

처음 보는 한국 기자에게도 '선배님'을 외치는 덕에 좋은 기회는 언제나 알파고의 몫이었다.

"알파고, 어쩜 이렇게 넉살이 좋아요? 무슨 비결이라도 있는 거예요?"

"우리 외할아버지에 비하면 아직도 멀었어요."

결혼식이 끝난 후 80세가 넘으신 알파고의 외할아버지를 찾아뵀다. 어디 하나 굽은 데 없이 꼿꼿하고 단단해 보이는 할아버지는 깔끔하고 세련된 모습이었다. 할아버지의 눈매를 보니 결코 호락호락하지 않으신 분이라는 걸 단박에 알 수 있었다. 해외 출장에서 갓 돌아오셨다는 할아버지는 나를 보자 영어로 질문하셨다.

"How are you?"

"Good. Thanks. Wow, you can speak English. When did you start learning English and how?"

"……."

아무 대답이 없으셨다.

"How are you?"라는 영어 한 마디만 할 줄 아는 할아버지에게는 반전이 있었는데 지금까지 무려 57개국과 무역을 하셨다는 것이다. 1960년대에 프랑스를 여행하다 개구리가 비싸게 팔리는 것을 본 할아버지는 고향에 돌아와 개구리를 가장 많이 잡아오는 아이에게 축구공을 사주겠다고 했다. 온 동네 아이들은 경쟁하듯 개구리를 잡기 시작했고 할아버지는 그 개구리를 프랑스에 팔아 번 돈으로 초기 사업자금을 마련하셨다고 한다. 알파고의 외할아버지는 터키판 봉이 김선달이었다.

남편은 외할아버지의 넉살을 닮았다. 번뜩이는 아이디어도,

사람들의 마음을 휘어잡는 언변도, 어떠한 상황에서도 굴하지 않는 당당함까지도 말이다. 한국 땅에서 이방인으로 살아가면서도 자신의 목소리를 낼 수 있는 건 알파고의 뻔뻔함 덕분인지도 모른다. 나는 그런 알파고의 뻔뻔함이 좋다.

알파고의 에너지는 보통의 사람과는 질이 다르다.
다만 문제가 하나 있다.
눈 떠 있을 때는 쉬지 않고 움직이지만
전원이 꺼진 후 다시 켜질 때까지 오랜 시간이 필요하다.
그래서 매일 아침은 언제나 전쟁이다.
우리의 평화로운 아침을 위하여
알파고를 꿈에서 빠져나오게 해
편안하게 현실로 돌아오게 만들 방법이 필요했다.

어서와, ______________________________

______________________이런 알람시계는

처음이지? ____________________________

알파고에게서 뿜어져 나오는 에너지의 양과 질은 남다르다. 동시에 프로젝트 몇 개를 거뜬하게 해내는 남편을 보며 사람들은 혀를 내두른다. 결혼한 지 7년이 됐지만 어쩌다 몸살 난 경우가 아니라면 하루 종일 빈둥거리는 법이 없다.

다만 한 가지 문제가 있었다. 눈이 떠 있을 때는 쉬지 않고 움직이지만 전원이 꺼진 후 다시 켜질 때까지 오랜 시간이 필요하다는 것이었다. 출근을 하려면 아침 일찍 일어나 준비를 해야 하는데 쉽게 눈이 떠지질 않으니 매일 아침이 전쟁이었다. 알파고를 깨우느라 아침부터 많은 에너지를 소비했고 내 신경은 늘 곤두서있었다.

그를 깨우기 위해 내가 가장 먼저 사용한 방법은 7시부터 2분 간격으로 여섯 개의 알람을 설정하는 것이었다.

딴따라라 따라라, 따라라~

첫 음이 울림과 동시에 내 눈은 번쩍 떠졌다. 남편의 이름을 부르며 몸을 앞뒤로 흔들었지만 소용이 없었다. 6개의 알람이

울릴 때까지도 일어나지 않자 결국 소리를 질렀다. 놀란 알파고는 새빨갛게 충혈된 눈을 번쩍 뜨며 침대에서 일어나긴 했지만 나도 남편도 썩 유쾌하지 않았다.

알람 소리에 자발적으로 일어나는 방법이 안 먹히자 두 번째 방법을 생각해냈다. 남편이 좋아하는 음악을 틀어 기분 좋게 일어나도록 유도하는 거였다. 영화 〈인셉션〉에서 꿈속에 들어간 주인공들을 깨울 때 음악을 틀어 현실로 돌아오게 만드는 장면에서 아이디어를 얻었다. 잠을 깨우려면 강력한 음악이 필요했다. 알파고의 영혼을 움직이게 만들어야 했기 때문이다.

고심 끝에 선택한 노래는 가수 김태우의 '하이하이'였다. 다음 날 아침 7시, 휴대폰에서 음악이 흘러나왔다. 잠을 자던 알파고는 눈을 감은 채 반주에 맞춰 발목을 앞뒤로 살살 흔들기 시작했다. 그러다 팔과 다리를 움직이고 고개를 끄덕이더니 편안하게 눈을 떴다. 성공이었다. 알파고는 음악 소리에 반응해 꿈에서 깨어나 편안하게 현실로 돌아올 수 있었다.

"이번 전략은 먹히는가 봐요. 너무 기분 좋게 일어났어요."

안타깝게도 효과는 며칠에 불과했다. 노래가 익숙해지자 아무리 반복해 틀어줘도 미동조차 하지 않았다. 또다시 나는 고래고래 소리를 질렀다.

"아무래도 안 되겠어요. 이렇게 개떡같이 하루를 시작하고 싶지 않아요. 우리 머리를 맞대고 진지하게 방법을 찾아봐요!"

그날 저녁, 우리는 기상 대책을 세우기 위해 동네 카페를 찾았다. 자그마한 노트에 기분 좋게 아침을 시작할 수 있는 아이디어들을 적어내려갔다.

"인터넷을 검색해보니까 특이한 알람 앱이 있더라고요. 알람을 멈추게 하려면 미션을 수행해야 한대요. 화면에 나오는 숫자들을 계산해 정답을 맞히거나 총으로 과녁의 정중앙을 맞혀야 알람이 꺼진다는데 진짜 대단하지 않아요?"

"아침부터 눈이 너무 피곤할 거 같아요."

"그럼 이런 방법도 있어요. 자기 머리 위에 물통을 설치해놓고 긴 끈을 내 발에 묶는 거예요. 알람이 울리는데도 안 일어난다? 그러면 내가 발로 줄을 잡아당겨서 물이 자기 얼굴에 떨어지도록 만드는 방법. 괜찮을 거 같은데……."

"불안해서 잠을 제대로 못 잘 거 같아요. 이 방법은 어때요?"

남편의 아이디어에 나는 박장대소를 하고 말았다. 이 방법이라면 확실하게 일어날 수 있을 것 같았다.

다음 날 아침, 알람 소리가 울리자마자 나는 온 힘을 다해 알파고의 엉덩이를 차기 시작했다. 남편은 두 눈을 번쩍 떴다. 알파고가 내놓은 아이디어는 바로 발차기였다. 효과는 직방이었다. 기상에 성공한 남편은 개운하게 샤워를 하고, 아침밥도 든든하게 먹고, 홍삼까지 챙겨 먹고 출근을 했다. 참 오랜만에 맞이하는 평화였다. 그날 점심, 남편에게 카톡이 왔다.

> ㄴ 너무 고마워요. 이제 7시에 항상 발로 깨워줘요.
> 부탁이에요.

이렇게 간단한 방법으로 지난 몇 년간 우리를 괴롭혔던 문제가 해결됐다. 나와 같은 고민을 하는 분들이 있다면 이 방법을 꼭 한 번쯤 시도해보길 바란다.

누구보다도 한국에 애정을 갖고 있는 알파고가
귀화를 결정한 건 당연한 선택이었다.
귀화 시험은 암기와의 싸움이다.
기출문제와 답을 달달 외운 그였기에
인터뷰는 자신 있었지만, 최대 난제는 '애국가'
"알파고 씨, 음치시네요?"
아무리 우리 민족이 노래를 잘 부른다고 하지만
음치 때문에 귀화가 어려울지도 모른다니.

음치는 ______________________ 살기 힘든

______________________ 대한민국

당신이 부르면 달려갈 거야~ 무조건 달려갈 거야~

무조건 무조건이야~

짜자라짜라짜라짠짜짜

알파고가 노래를 끝내자 "와~" 하는 함성과 함께 커다란 박수가 터져 나왔다. 남편은 허리를 살짝 굽혀 무대인사를 하고는 내 옆에 다가와 앉았다.

노래를 기막히게 잘해서 그랬을까? 사실 알파고는 지독한 음치이다. 내 평생 이렇게 노래를 못 부르는 사람은 본 적이 없다. 샤프하고 지적인 외모와 달리 목소리는 기본적으로 삑사리를 깔고 있는데다 박치에 몸치였다. 심각했다. 하지만 본인만 몰랐다. 노래를 마친 알파고는 세상 행복한 표정이었으니까.

하지만 이런 알파고도 가슴을 졸여야 했던 일이 있었다. 바로 귀화 면접이었다. 남편은 열일곱 살 때 처음 한국 땅을 밟았다. 대전에서 대학교를 다니고 서울로 올라와 석사 과정을 하던 중 한국 특파원으로 발탁됐다. 그리고 2014년에 결혼을 했다. 누구보다도 한국에 애정을 갖고 있는 알파고가 귀화를 결정한 건 당연한 선택이었다.

귀화 신청을 하고 반년이 지났을 때 면접 통보를 받았다.

우리는 자신 있었다. 알파고는 입이 쩍 벌어지도록 한국어를 잘하고, 전통 문화와 예절에 대해서도 해박하다. 학부와 석사에서 정치학을 공부하고 특파원 생활을 하며 한국 근현대사에 대해서는 웬만한 사람들보다 지식이 많았다. 하지만 면접 대기실에 들어섰을 때 알파고가 떨어질 거라는 불길한 예감이 스쳤다.

대기실에는 다섯 명의 외국인이 있었는데 모두 귀화 면접 수험서를 들고 있었다. 인터뷰를 앞두고 문제와 답을 달달 외우고 있던 것이다. 귀화 시험은 암기와의 싸움이었다. "화이팅!"을 외치며 들어갔던 알파고는 얼마 지나지 않아 문을 박차고 뛰쳐나왔다.

"애국가! 애국가!"

알파고가 애국가를 제대로 부르지 못하자 면접관들은 밖에 붙어있는 애국가를 다시 한 번 보고 들어오라고 주문했던 것이다. 남편은 그 어느 때보다도 집중력을 발휘해 가사와 음정

<u>음치라</u> <u>대한민국</u> <u>국적</u> <u>취득에</u>
실패할 위기에 처하다니.

을 외우려고 애썼다. 하지만 결과는 실패였다. 물론 기출문제집을 보지 않고 들어가는 바람에 대답할 수 없었던 질문들도 꽤 있었다.

두 번째 면접 기회를 얻기까지 꼬박 6개월을 기다렸다. 알파고도 다른 외국인들처럼 수험서를 구매해 질문과 답을 달달 외우기 시작했다. 대한민국의 국민을 뽑는 면접에서 한국인들도 알지 못하는 아주 구체적인 질문과 답을 최대한 빨리 그리고 많이 외워야만 했다. 이런 방식으로 국민을 뽑는다는 게 불만스러웠지만 귀화하려면 어쩔 수 없었다.

이번에는 애국가도 완벽하게 준비했다. 휴대폰에 애국가를 담아 수시로 들었다. 다만 가사는 정확하게 외웠지만 박자와 음정이 영 엉망이었다. 음정을 자기 마음대로 바꾸는 건 기본이고 생각지도 못한 부분에서 음을 길게 늘여 이상하게 불렀다. 아무리 고쳐도 원점이었다.

"설마 면접관들이 노래 실력으로 면접을 통과시키겠어요? 가사만 틀리지 않으면 통과될 거예요!"

알파고가 면접실로 들어갔다. 나는 대기실 구석에 앉아 두 손 모아 기도했다. 기도가 끝나기도 전에 노랫소리가 들려왔다. 창피하지도 않은지 우렁차게도 불렀다.

동~~해물과 백두산이 마~~~~르고 닳도록

하나님이 보우하사 우리나라 만~~~~~~세.

무궁~~~화 삼천~~~리 화려강산

대한사람 대한으로 길이 보~~~전하세.

10분 정도 지났을 때 알파고가 문을 열고 나왔다.

“어땠요? 합격할 거 같아요?”

“잘 모르겠어요. 면접 질문에는 그럭저럭 잘 대답했는데 애국가를 부르니까 면접관이 이러더라고요. ‘알파고 씨, 음치시네요? 왜 이렇게 노래를 못 부르세요? 면접 보러 오신다면 연습하고 오셨어야지. 노래방에 가시던가. 이러면 곤란해요.’ 어쩌겠어요. 결과를 기다려봐야죠.”

맙소사, 노래를 못 불러 대한민국 국적 취득에 실패할 위기에 처하다니. 아무리 우리 민족이 노래를 잘 부른다지만 음치 때문에 귀화가 어려울지도 모른다는 면접관의 농담은 지나치다 싶었다. 누군가에게는 간절한 꿈일지도 모르는데 말이다.

며칠이 지나고 나서 우리는 합격 문자를 받았다. 알파고는 불안했던 가슴을 쓸어내리며 말했다.

"한국에서 음치로 살아간다는 게 이 정도로 어려울 줄이야!"

고기로 만든 음식이 수없이 많은 한국에서
무슬림 알파고는 채식주의자처럼 살고 있다.
결혼 후 첫 여름휴가로 간 터키에서
그의 삼시세끼는 고기였다.
숨도 쉬지 않고 고기를 뜯는 그를 보니
코끝이 아려왔다.
'한국에서 사는 게 얼마나 힘들까.'

고기는 ______________________________ 다

______________________________ 빼주세요

“이제 그만 좀 돌아다니면 안 될까요? 적당히 좀 해요. 여긴 한국이란 말이에요!”

“미안해요. 오늘도 그냥 롯데리아에서 새우버거 먹을까요?”

배는 고파 죽겠는데 몇십 분 동안 음식점을 찾아 헤매다 보니 나는 지칠 대로 지쳐있었다. 폭발하기 일보 직전이었다. 결국 참지 못하고 쓴소리를 쏘아댔다. 불같은 잔소리를 한다 해도 사실 답은 뻔했다. 고기가 들어간 음식은 결코 먹을 수 없다는 걸 말이다. 결국 또다시 롯데리아에서 저녁을 해결했다. 부드러운 육질의 스테이크를 썰거나 바삭하게 튀겨낸 치킨, 그것도 안 되면 몸보신이라도 할 수 있는 삼계탕이 먹고 싶었지만 알파고와 함께면 그저 그림의 떡이었다. 나에게는 먹고 싶을 땐 언제든 먹을 수 있는 음식이지만 알파고는 단 한 번도 먹어본 적이 없었다.

내 남편은 무슬림이다. 그것도 꽤나 독실한 무슬림이다. 나일론 무슬림 신자의 경우 돼지고기를 제외한 다른 고기를 먹거나 술을 마시기도 하지만 알파고는 아니었다. 이탈리아 식당에 가면 해산물 스파게티에 화이트 와인을 넣지 말아달라고 부탁할 정도니 말이다. 가족과 친구들은 줄곧 물었다.

"무슬림은 아예 고기를 안 먹는 거지?"

아니다. 무슬림도 고기를 먹는다. 그런데 할랄 고기만 먹는다는 게 다르다. 할랄(Halal)은 아랍어로 '허용됐다'는 뜻으로 이슬람법에서 허용된 방법으로 만들어진 음식을 가리키는 의미로 주로 사용된다. 돼지고기는 아예 금지되어있고 소, 양, 닭도 아무거나 먹을 수 있는 건 아니다. 크게 세 가지 조건이 충족돼야 한다. 하나는 기독교, 유대교, 이슬람교, 천주교처럼 유일신을 믿는 신자가 도살 전 짧은 기도를 올려야 한다. 두 번째는 동물이 고통을 느끼지 않는 방법으로 도살해야 하며, 마지막으로 동물 몸에 있는 모든 피를 빼내야 한다. 고기가 쉽게 상하는 것을 막기 위함이다.

나는 중국에서 함께 공부했던 이집트 친구들을 통해 처음 할랄 음식을 접했다. 중국 음식에는 고기가 많이 들어가기 때문에 친구들은 시장에서 식재료를 사와 직접 요리해 먹었다. 이슬람 사원에서 할랄 고기를 얻는 날에는 특별한 음식을 만들어

나를 초대해주었다.

그나마 중국에는 위그루족과 회족을 포함한 약 열 개의 민족이 이슬람교를 믿고 있어 할랄 음식을 찾는 게 아주 어려운 일은 아니었지만 한국에서는 정말 쉽지 않다. 한 끼로 든든한 라면에는 돼지고기가 들어있고, 유명 빵집의 샌드위치에는 식재료 표기사항과 달리 베이컨이 들어있다던가 눈에 보이는 고기가 없을 뿐 고기 육수가 들어간 음식이 수없이 많다. 상황이 이렇다 보니 알파고는 채식주의자처럼 살고 있다.

결혼 후 음식 스트레스는 생각보다 컸다. 식재료를 살 때 남들은 브랜드나 가격, 신선도를 따지겠지만 나는 제일 먼저 뒷면에 적힌 식재료 표기사항을 꼼꼼하게 살핀다. 술이나 고기 성분이 들어있는지 확인해야 하기 때문이다. 가끔은 왜 무슬림이랑 결혼해서 이 고생을 하나 싶다. 그나마 내가 야채를 좋아하니 망정이지 삼겹살에 소주를 먹어야만 스트레스가 풀리는 사람이었다면 당장 이혼할 판이었다.

결혼 후 첫 여름휴가 때 우리는 터키로 떠났다. 한국에서는

요즘은 마트에 가면 살 수 있는 음식들이 많아졌다.
술이 들어가지 않은 소스, 채식주의자를 위한 라면에
할랄 인증을 받은 호주 청정우까지.

이제 좀 살 만하다.

터키 식당이 아닌 곳에서는 고기에 입도 대지 않더니 고향에서는 삼시세끼가 고기반찬이었다. 숨도 쉬지 않고 고기를 뜯는 알파고를 보고 있자니 코끝이 아려왔다.

'한국에서 사는 게 얼마나 힘들까.'

휴가를 끝내고 돌아온 뒤로는 음식을 찾아 식당을 전전해도 툴툴거리지 않았다. 남편이 자신과의 약속을 지키기 위해 노력하는 사람이라는 걸 깨달았기 때문이다. 알파고는 자주 이렇게 말했다.

"스스로에게 한 작은 약속조차 지키지 못한다면 다른 약속들을 깨는 건 시간문제예요. 하나의 약속을 어기는 건 모든 약속을 지키지 않는 것과 같거든요."

터키 가족도 터키 친구들도 없는 한국 땅에서 충분히 일탈을 꿈꿔볼 만도 한데 알파고는 그러지 않았다. 내 남편이 누구보다 강한 신념을 가진 사람인 걸 알았기에 평생 이 문제를 함께 짊어지고 가기로 결심했다.

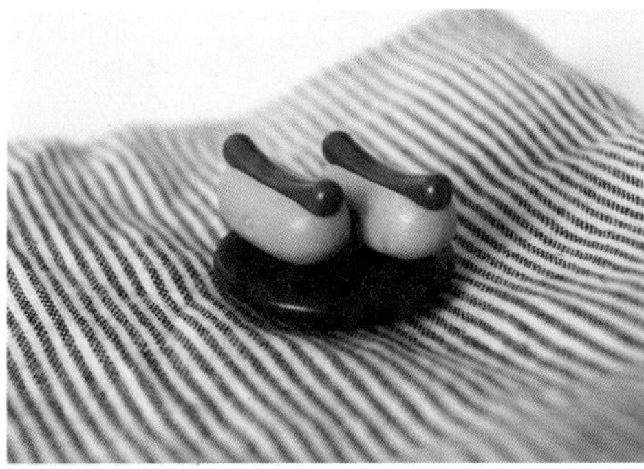

그는 타고난 이야기꾼이다.
알파고의 말재주는 특히 손님이 올 때 빛을 발했다.
두세 시간을 떠들어도 손님들은 깔깔대며 웃었다.
“알파고, 네 개그를 우리만 보기 진짜 아깝다.
사람들 모아놓고 공연하면 대박날 텐데!”
남편은 그렇게 아무도 걷지 않는 길을
걸어가기 시작했다.

코미디 하는 ______________________

______________________ 알파고

"이제 들어가도 괜찮아요?"

상큼한 향이 폴폴 풍기는 비누로 샤워를 마친 후 깨끗하게 빨아놓은 잠옷을 입고 얼굴에 아이패치를 붙인 채 목까지 이불을 덮었다. 따뜻한 기운에 눈꺼풀이 내려오고 있는데 알파고 소리에 정신이 번쩍 돌아왔다. 오늘은 그냥 넘어가나 했는데 아니었다. 귀찮은 마음에 온몸이 배배 꼬여왔으나 거절하는 건 와이프로서 예의가 아닌 것만 같았다.

"들어와요."

남편은 안방 문을 열었다. 휴대폰에서는 쿠르드 전사가 말을 타고 전쟁에 나갈 때나 들을 법한 음악이 흘러나왔다. 남편의 눈은 열정으로 이글이글거렸다. 은밀한 상상은 하지 마시길. 그저 하루 동안 짠 코미디를 평가받으려는 것뿐이니 말이다.

잠들기 전 짧은 공연을 하는 건 우리의 약속 같은 거였다. 나는 꽤나 엄격한 심사 위원이었다. 내게는 조금이라도 어색하거나 유치하거나 충분히 웃음을 끌어내지 못한다면 가차 없이 공연을 중단시킬 권한이 있었다. 공연을 하는 7분 동안 알파고는 내가 어떤 포인트에서 웃는지, 언제 표정이 냉소적으로 변하는지 분석했다.

"음, 뭐 나쁘지 않네요. 근데 발음이 좀 이상해요. '총각'을 '촉각'이라고 발음하니까 다른 의미로 들려서 하나도 안 웃겨요. 그리고 손동작이 너무 과해서 정신이 없어요. 그래도 내용은 재밌네요. 그래서 오늘 점수는 75점!"

알파고는 타고난 이야기꾼이다. 시어머니는 남편이 네 살이 되도록 겨우 간단한 단어만 내뱉는 탓에 무척 마음을 졸였다고 했다. 그러던 어느 날, 남편은 말이 터짐과 동시에 글을 읽을 수 있었고 그 후로 입을 다물 줄을 몰랐다. 세상은 너무 넓고 궁금한 건 넘쳐흘렀다. 수다쟁이지만 다행히 유머감각이 넘쳤다.

알파고의 말재주는 특히 손님이 올 때 빛을 발했다. 두세 시간을 떠들어도 손님들은 깔깔대며 웃었다. 그러던 중 남편의 개그를 좋아하던 지인 몇 명이 스치듯 이런 말을 던졌다.

"네 개그를 우리만 보기 진짜 아깝다. 사람들 모아놓고 공연하면 대박날 텐데!"

이 말은 알파고의 욕망에 불을 지폈다. 결국 한 달 후에 공연을 하겠다고 선언했다. 인생 절반을 한국에서 살며 느꼈던 경험을 외국인의 시각으로 재미있게 풀어내기로 말이다.

결심은 쉬웠지만 과정은 장애물투성이였다. 대학로를 돌며 장소를 찾아 헤맸지만 퇴짜맞기 일쑤였다. 이틀만 공연장을 사용하기엔 너무 짧다는 것이 이유였다. 수십 곳을 돌고 돌아서야 겨우 한 곳에서 가능하다는 답변을 받았다.

한 시간 동안 관객을 웃기는 게 가능할지도 의문이었다. 스탠드업 코미디는 오로지 마이크 하나로 승부를 봐야 하는 장르이다. 입담도 좋아야 하지만 관객의 호응에 따라 적절하게 대처하는 재치가 중요하다. 현직 코미디언들에게도 스탠드업 코미디는 쉽지 않은데 모국어도 아닌 한국어로 공연을 해야 한다니 걱정을 떨치기가 어려웠다.

홍보는 오롯이 내 몫이었다. 친구의 도움으로 간신히 포스터와 티켓을 디자인하고, 크라우드 펀딩으로 공연 티켓을 팔았다. 감사하게도 몇몇 언론에서는 알파고 공연에 관한 기사도 실어줬다. 이틀 동안 총 세 번의 공연을 할 텐데 공연장이 꽉 차지 않아 남편이 외롭게 공연하는 건 아닐까 싶어 마음을 졸였다.

실직했음에도 돈을 투자하면서까지

새로운 분야에 뛰어드는 용기.

무에서 유를 만들어내는 건 알파고의 특기다.

결전의 날이 왔다. 공연 시작 2분 전, 티켓부스를 정리하고 재빨리 공연장으로 뛰어올라갔다. 조용히 대기실로 들어가 검은 커튼 사이로 무대를 바라보았다. 객석은 그럭저럭 채워져 있었다. 불이 꺼지고 배경음악이 서서히 잦아들자 알파고가 무대로 등장했다. 알파고의 한마디 한마디에 관객들은 웃고 박수를 쳤다. 내 앞에서 수십 번을 연습하고 머릿속에서도 셀 수 없을 만큼 되새겼을 테지만 목소리는 미세하게나마 떨리고 있었다.

"여기까지 개그계의 알파고였습니다. 감사합니다!"

공연을 끝내고 대기실로 들어온 남편의 겨드랑이는 홍수였다. 검은색 셔츠를 입어서 다행이지 밝은 색 티셔츠를 입고 있었다면 겨드랑이에 관객의 시선이 빼앗겨 공연이 실패했을지도 모를 일이었다.

사실 관객 대다수는 지인이었다. 한 자리 한 자리가 절실했을 때 가족은 물론 나와 알파고의 친구들, 선배 기자와 방송국 사람들까지 귀한 발걸음을 해주셨다. 우리 아버지는 사위 기를 살려준다며 티켓 20장을 구매해 직장 동료와 동창들까지 모시고 왔다.

공연을 끝내고 돌아가는 두 손에는 선물이 한가득이었다. 어설프고 떨리는 첫 공연이 만족스럽다고는 할 수 없지만 지인들의 응원에 우리 부부가 살아간다는 것을 확인할 수 있던 행복한 시간이었음은 두말할 필요가 없다.

스탠드업 코미디에 대한 알파고의 열정은 진지하다. 2016년 첫 공연을 한 후 이 경험을 발판삼아 지금도 뜨겁게 꿈을 이어나가고 있다. 매주 두 번씩 코미디언들과 함께 공연을 하고, 〈개그콘서트〉와 〈스탠드 UP!〉에도 출연했다. 최근에는 일본, 싱가포르, 두바이에서도 몇 차례 공연을 했다. 우리나라에서는 아직 낯선 분야지만 이제는 조금씩 관심을 받아가고 있다.

가끔은 우리의 미래가 걱정스럽다. 하지만 아무도 가지 않는 길을 걷는 남편이 자랑스럽다. 언젠가 알파고의 이름을 건 단독 공연이 한국을 넘어 스탠드업 코미디의 본토인 미국에서 있을지도 모를 일이니까.

'잘하고 있어', '너는 최고야',
'정말 고마워', '네가 있어 참 행복해.'
어머님의 긍정적인 말은 알파고의 삶에
커다란 용기를 불어넣어 주었다.
그는 어떤 시련이 닥쳐도
툭툭 털고, 기어코 일어서고야 만다.

어머니라는 ______________________________

______________________________세상만큼

아들에 대한 어머님의 자부심은

전 세계는 몰라도 터키 1등은 확실한 것 같다.

남편 고향에 처음 방문했을 때 시어머니는 함께 가고 싶은 데가 있다고 하셨다. 10여 분을 걸었을까. 도착한 곳은 건물 한 채가 전부인 조그마한 중학교였다. 운동장에는 수십 명의 학생들이 체육수업을 하고 있었다. 검은 머리의 외국인이 등장하자 아이들은 활짝 웃으며 인사를 건넸다. 성큼성큼 건물로 들어서는 어머님의 뒤를 좇았다.

어머님은 어두운 복도 끝에 있는 게시판 앞에 서있었다. 그곳에는 색이 바랜 알파고의 독사진과 물리 올림피아드에서 상을 받는 사진이 걸려있었다. 곱슬기가 살짝 들어간 머리는 5 대 5 가르마를 타고 있었고, 코밑에는 갓 자란 가느다란 수염이 드문드문 보였다. 얼굴은 파릇파릇한 소년이었지만 강렬한 눈빛만큼은 여전했다.

전교생이 지나다니는 복도에 그것도 졸업한 지 한참 지난 알파고의 사진이 걸려있던 이유는 입시 성적 때문이었다.

터키에서는 고등학교 입시시험을 전국적으로 실시한다. 알파고는 으드르시 전체에서 수석을 차지했고 시 역사상 가장 우수한 전국 등수를 받았다. 당시 여러 명문 고등학교로부터 입학 요청을 받았지만 그는 터키에서 가장 유명한 과학고등학교 중 하나인 야만라르에 전액 장학금을 받고 입학했다. 수없이 본 사진이었을 텐데도 아들을 바라보는 어머님의 눈은 반짝였다.

언젠가 알파고와 저녁식사를 하며 물은 적이 있다. 어떻게 항상 삶에 자신감이 넘칠 수 있냐고. 무엇을 이루어도 쉽게 행복감을 느끼지 못하는 나에게 남편의 긍정적 에너지는 부러움의 대상이었다.

"우리 어머니요. 어머니가 없었다면 지금의 내가 있을 수 없었을 거예요."

알파고의 대답은 옳았다. 나는 어머님에게서 부정적인 말을 들어보지 못했다. 어머님은 언제나 "잘하고 있어.", "너는 최고야.", "정말 고마워.", "네가 있어 참 행복해."라고 말씀하신다. 결혼 초기에는 어머님의 낙천적인 모습이 낯설기만 했다. 현실은 정반대로 달려가는데 긍정적인 말을 한다고 달라질 건 없다고 생각했다.

하지만 이런 내 생각은 틀렸다. 어머님의 긍정적인 말은 자식들의 삶에 커다란 용기를 불어넣은 원천이었다. 작은 일에도 쉽게 무너져 내리는 나와는 달리 알파고는 어떤 시련이 닥쳐도 툭툭 털고 기어코 일어서고야 만다.

과학고등학교를 졸업한 후 알파고는 이스탄불기술대학교에 들어갔다. 터키에서 공대를 간다는 것은 안정적인 삶을 보장받을 수 있는 보증수표였다. 자매 학교인 카이스트에서 공부하고 싶다는 생각에 한국 유학을 결심했지만 한국어를 배우는 동안 자신이 숫자를 사랑하는 사람이 아니라 글자를 사랑하는 사람임을 깨달았다. 결국 알파고는 모두의 반대를 무릅쓰고 정치외교학을 선택했다. 이 결정에 주변 사람들은 하나같이 부정적인 반응을 보였다.

"정치외교학을 전공해서 뭐 먹고 살려고?"

남편을 일으켜 세운 건 어머님이었다. 모두가 등을 돌릴 때도 어머님은 철석같이 아들을 믿었다. 알파고는 밤새 한자를 익히며 전공과목들을 공부했고, 대학원 재학 중에 터키 언론사의 제안을 받아 터키 최초의 한국 특파원이 됐다. 한국에 오지 않았다면, 정치외교학을 전공하지 않았다면, 그저 남들이 가는 길을 따라갔다면, 기회가 있어도 그 기회를 잡을 수 없었을 거다.

어린 시절, 알파고에게 어머니는 세상이었다. 그곳은 어느 곳보다도 넓고 포근했으며 단단했다.

몇 년 전 어버이날을 맞이하여 〈주간조선〉에서 '어머니'라는 주제로 커버스토리를 실은 적이 있다. 그중 알파고가 쓴 글의 일부를 소개하고 싶다.

> 어머니는 내가 초등학교 시절에 그 복잡하고 아이작 뉴턴도 풀기 힘든 수학 문제들을 홍차를 마시면서 너무나 쉽게 풀어주었다. 어려운 문제들을 풀 뿐만 아니라 어떻게 푸는지 내 머리에 쏙쏙 들어가게 설명해준 게 대단했다. 수학자이고 철학자인 어머니는 내가 어릴 때 기관총처럼 쏘아대는 질문을 귀찮아하지 않고 모두 답변해주었다. 가끔 우리는 우주에 대해서, 별들과 화성의 움직임에 관해서 이야기하고, 도덕의 기원이 무엇인지를 말했다. 왜 착한 사람이 되어야 하는지를 설명해준 어머니는 종교에 관한 많은 것들도 가르쳐줬다. 내게 제1스승, 종교인, 도

덕가인 어머니는 갖고 계신 지식과 모범적인 생활방식으로 나의 삶의 자세를 만드는 과정에 도움을 주었다.

그해, 우리는 남편 고향에 갔다. 어머님이 정성스럽게 만들어주신 음식을 먹고 발코니에 앉아 설탕이 듬뿍 들어간 뜨거운 홍차를 홀짝거렸다. 노릇노릇한 하늘 아래 어머님은 노란 호박꽃 같은 얼굴로 아들을 바라보고 있었다. 남편은 작은 새처럼 어머님 옆에 앉아 쉴 새 없이 조잘댔다.

언젠가 나도 내 아이들이 언제든지 기댈 수 있는 따뜻하고 단단한 세상이 될 수 있기를 간절히 바라고 또 바랐다.

3부

내 남자의 사랑법

흥부자집 ______________ 첫째 아들

남편의 몸속에는
흥 유전자가 넘쳐흐른다.
매일 밤, 음악을 틀고
노래를 부르며 온몸을 흔들어야
그날의 피로가 싹 풀리는 듯 보였다.
춤추는 게 세상에서 제일 부끄러운 나와는
달라도 너무 달랐다.

결혼식을 앞두고 알파고 없이 터키에 혼자 갔을 때 일이다. 으드르에 도착한 지 며칠이 지났지만 불편한 점이 한두 가지가 아니었다. 아직 서먹서먹한 터키 식구들과 꼼짝없이 24시간을 붙어있어야 한다는 것도 힘들었지만 짧은 터키어로 요구 사항을 설명하지 못해 꾹 참아야 하는 일은 수도 없이 많았다.

이날 아침에도 밤새 추위에 떨던 몸을 녹이고 싶어 따뜻한 물을 들이붓고 있었다. 어느 시점부터 미지근한 물이 나오더니 곧 차가운 물로 바뀌었다. 온몸은 비누칠로 미끌거렸다. 아무리 뜨거운 쪽으로 수도꼭지를 돌려도 물은 점점 더 차가워질 뿐이었다. 서둘러 몸을 씻고 쫓기듯 욕실을 빠져나왔다. 찬 기운에 온몸이 오들오들 떨려왔다. 드라이기도 없어 수건으로 머리를 꼭꼭 쥐어짰지만 차가운 물이 무릎으로 똑똑 떨어져 바지 한 쪽을 적셔놓았다. 한숨을 내뱉고 있는 차에 어머님은 아침식사가 준비됐으니 모두들 주방으로 모이라고 말씀하셨다.

식탁은 한가득이었다. 치즈는 종류별로 나와 있고, 닭고기 소시지와 터키식 햄인 수죽을 계란에 풀어 구워낸 요리도 있었다. 검은색, 카키색 올리브와 꿀, 요거트 그리고 살구잼이 놓여있었다. 노릇노릇 구워낸 빵에서는 고소한 냄새가 풍겼다. 군침이 흐를 법도 했지만 나는 선뜻 손을 내밀 수 없었다. 터키에 온 뒤로 '큰일'을 보지 못했기 때문이었다. 5일째였다. 식탁에 앉자마자 장에서는 천둥소리가 났다. 얼굴이 화끈거렸다. 나는 최대한 소리를 감추기 위해 몰래 배를 틀어잡았다. 아주 환장할 노릇이었다.

식사는 고요한 가운데 시작됐다. 어머님은 내 접시에 넉넉히 음식을 담아주시며 어서 먹으라는 신호를 보냈지만 나는 방귀를 끼지 않기 위해 온 정신을 집중했다. 참으로 고독한 시간이었다.

그때였다. 막내 오메르가 노트북을 가져오더니 요즘 푹 빠진 노래가 있다며 음악을 켰다. 그러고는 그 음악에 맞춰 양쪽 어깨를 들썩이는 게 아닌가. 오메르를 시작으로 아버님은 머리 위로 박수를 쳤고 친척 동생들은 손가락으로 딱딱 소리를 내며 박자를 타기 시작했다. 어느새 어머님은 의자에서 일어나 박자와 한몸이 됐다. 아버님은 나를 보며 같이 손뼉을 치라는 사인을 보냈다. 나는 이 상황을 견딜 수 없었다.

'아오, 지금 똥 나오기 직전인데 춤을 출 기분이냐고. 식사 시간이 더 길어지겠네. 망했네, 망했어…….'

좌절의 늪으로 빠지기 일보 직전, 번뜩이는 생각이 떠올랐다. 식사 도중에 화장실에 가면 가족들이 눈치챌까 봐 참고 있었는데 모두가 춤을 추고 있으니 거사를 끝낼 수 있는 적당한 시간이었다.

편안하게 볼일을 보고 다시 주방으로 왔는데 다행히 가족들은 그때까지도 춤을 추고 노래를 부르고 있었다. 그날 우리는 아침을 두 시간 동안이나 먹었다. 참으로 흥이 넘치는 가족이 아닐 수 없었다.

알파고의 몸속에도 흥 유전자가 넘쳐흐른다. 매일 밤 음악을 틀고 노래를 부르며 온몸을 흔들어야 그날의 피로가 싹 풀리는 듯 보였다. 춤추는 게 세상에서 제일 부끄러운 나와는 달라도 너무 달랐다. 음치와 몸치인 남편의 공연을 보는 내내 부끄러움은 고스란히 나의 몫이었다. 연애를 할 때도 결혼을 해서도 알파고의 사랑 표현은 평범함을 거부했다.

자꾸 밥 먹다가 춤을 추는 알파고네 가족.
난 아직도 부담스러울 때가 있다.

결혼식을 앞두고 중국에 출장을 갔을 때 메일 한 통을 받았다.

알파고는 어느 날 윤예림에게 사랑에 빠졌다. 운명적인 사랑을 느낀 알파고는 윤예림에게 낭만적인 시를 썼다.

아침에 못 먹어,
당신의 눈을 상상하느라.
점심에 못 먹어,
당신의 얼굴을 생각하느라.
저녁에 못 먹어,
당신의 미소를 떠올리느라.
밤에 못 자,
배가 고파서.

알파고가 드려요.

결혼을 하고 난 후 노래는 더 다양한 형태를 띠기 시작했다.

연애를 할 때는 사랑의 감정만을 집중적으로 표현했다면 이제는 외로움, 토라짐, 고마움, 신남과 같은 다양한 감정이 녹아들어 있었다. 다음의 노래는 알파고의 프러포즈를 단칼에 거절했던 나의 태도에 대한 서운함을 담았다. 차분하고 느린 박자의 음악에 맞춰 흐느끼듯 부르는 게 포인트이다.

> 내가 너를 사랑한다는 것을 전 세계에 보여줬어!
> 내가 너를 사랑한다는 것을 전 세계에 보여줬어!
> 근데 너는 나를~~ 근데 너는 나를~~
> 항상 무시했었어~ 항상 무시했었어~

나를 그리워하는 마음과 알파고에 대한 나의 결심을 요구하는 노래도 있다. 이건 약간 방정맞은 하이톤으로 조잘거리듯 불러야 제맛이다. 제법 라임도 딱딱 떨어진다.

> 출발했어, 양재로. 너를 찾기 위하여.
> 마음속에 오직 너! 딴 거 말고 오직 너!

결심했어, 가려고. 날 기다려, 온다고.

길이 길어, 힘들어. 시간 없어, 힘들어.

네가 있어, 행복해. 당신 없이 답답해.

보고 싶어, 죽겠어! 그리워서, 죽겠어!

가지 말 것, 약속해. 제발 해줘, 부탁해.

약속한다, 믿어줘! 다신 안 가, 절대로!

남편이 작사, 작곡한 곡들이 하나둘 늘어나더니 어느새 열 곡이 넘었다. 한번에 싹 모아 음반을 내줘야 할지도 모르겠다.

9 07:43

터키 남자와 결혼하겠다는 선언에
온 가족이 터키로 날아왔다.
여성 인권이 존중되지 않는 곳이라면
시댁에 단단히 일러둘 작정이었으리라.
하지만 그 결심은
하루도 안 돼 깨져버렸다.

주방에 ______________________ 드나드는

______________________________ 남자

"어머님, 제발 자리에 앉아주세요."

"알파고, 내가 하게 좀 놔둬. 아오, 저리 좀 가봐!"

둘은 서로에게 주방에서 나가라며 손을 끌어내고 있었다. 엄마는 알파고가 베란다에서 재활용 쓰레기를 정리하는 틈을 타 다시 주방 잠입을 시도했다. 냉장고 문을 열고 반찬 통을 꺼내려는 순간 알파고에게 딱 걸렸다.

"어머님, 여기는 저희 집이에요. 부모님은 자식 집에서 일하는 게 아니라 대접을 받아야 한다고 생각해요. 저희 집 주방은 제가 맡을 테니 제발 좀 쉬세요."

엄마도 지지 않고 맞섰다.

"자주 오는 것도 아니고. 친정엄마가 딸집에 와서 청소도 못 해줘? 알파고가 자꾸 이러니까 서운하네. 정말."

남편의 철벽방어에 엄마는 결국 소파에 앉았다. 말은 서운하다고 했지만 사위가 손가락 하나 까닥하지 못하게 하는 모습을 보니 한편으로는 마음이 놓이는 모양이었다. 사위의 뒷모습을 흐뭇하게 바라보던 엄마는 아빠에게 레이저를 발사했다.

"내 평생 애 셋을 낳아서 키웠지만 단 한 번도 이런 대우를 못 받아봤는데 부럽네, 딸. 하긴 시아버지를 보니까 알파고가 잘할 수밖에 없겠더라."

처음부터 시아버지에 대한 평가가 좋았던 건 아니다.

우리 가족 입장에서 보면 보수적인 이미지가 강한 터키 남자와 결혼하겠다는 선언이 달가울 리 없었다. 허리가 불편한 외할머니가 터키 결혼식까지 오신 이유도 알파고네 집안 분위기를 파악하기 위해서였다. 여성 인권이 존중되지 않는 곳이라면 시댁에 단단히 일러둘 작정이었으리라. 하지만 그 결심은 하루도 안 돼 깨져버렸다.

긴 비행으로 지칠 대로 지친 가족이 다음 날 아침 침대에서 일어나 하나둘 거실로 나왔다. 거실 바닥에는 꽃무늬가 새겨진 컵들이 옹기종기 놓여있었다. 컵에서는 모락모락 김이 피어올랐다. 아버님은 잔 하나를 들어 할머니께 드렸다.

잔을 받아든 할머니는 한 모금 들이켰다. 달콤한 꿀이 들어간 따뜻한 우유였다. 밤새 마른 목을 촉촉하게 축여준 건 물론 할머니의 마음까지도 촉촉해졌다. 우리 가족이 일주일을 머무

달콤한 꿀이 들어간 따뜻한 우유에
마음까지도 촉촉해졌다.

는 동안 아버님은 하루도 거르지 않고 우유를 준비해주셨다. 장을 보는 것도 아버님의 몫이었고 가끔 아침식사도 차려주셨다.

할머니는 지금도 나를 보면 이렇게 말씀하신다.

"가끔 그 우유가 생각이 나네. 네 할아버지는 생전 꿀물을 타 줄 줄이나 아냐. 먹을 줄이나 알지. 시아버지 성품이 정말 훌륭하시더라."

부모님이 다녀가신 지 얼마 지나지 않아 친구네 가족이 우리 집에 방문했다. 알파고는 야채를 송송 썬 후 닭고기에 토마토 양념을 버무려 오븐에 넣어 구웠다. 식사가 끝난 뒤에는 접시를 착착 쌓아 주방으로 옮겨놓았다. 그 다음에는 싱크대에서 작은 주전자를 꺼내 터키에서 가져온 커피가루와 물을 넣고 거품이 끓어오를 때까지 끓였다. 에스프레소 잔에 커피를 담아 친구 가족 앞에 내놓았다. 처음부터 끝까지 알파고를 지켜보던 친구는 참다 참다 결국 남편에게 한마디 던졌다.

"남편, 알파고처럼 좀 해봐!"

알파고는 주변 사람들에게 꽤나 영향을 주고 있는 것 같다.

무모한 와이프를 ____________________
사랑하는 ________________________법

내가 예약한 숙소는

마을에서 가장 저렴했다.

나무로 된 마룻바닥은

걸을 때마다 삐걱댔고

방 안에 놓여있던 가구는 50년은 더 되어 보였다.

하지만 주인 할머니처럼 따뜻한 느낌을 주는 공간이었다.

다행히 알파고도 마음에 드는 눈치였다.

결혼 전 알파고는 약속을 했다. 지금껏 가보지 않은 나라를 매년 데려가기로 말이다. 부부가 된 지 두 번째 해에는 코소보와 마케도니아를 여행했다. 발칸반도는 미지의 여행지였으므로 나는 정말이지 흥분을 감출 수가 없었다.

"Good Korea? Bad Korea?"

같은 비행기를 타고 온 터키 사람들은 아무 문제없이 출입국 관리소를 통과하는데 나는 한동안 잡혀있어야 했다. 북한에서 온 건지, 남한에서 온 건지 확인해야 했기 때문이다. 직원 네 명이 모여들어 대한민국 영문명을 수차례 확인하고 이리저리 여권을 살펴보았다. 혹시나 국경문을 넘지 못하게 될까 두려워 나는 미스코리아 미소를 지으며 착한 사람처럼 보이려고 애썼다. 일찌감치 입국심사를 마친 알파고는 저 멀리서 흐뭇한 미소를 짓고 있었다. 한국인들이 찾지 않는 특이한 나라에 데리고 왔다는 뿌듯함 때문이었다.

코소보에서의 일정을 마치고 마케도니아 국경을 넘었다. 코소보에서는 낡은 원룸에 머물렀는데 난방도 제대로 들어오지 않고 심지어 밤 10시가 넘으면 물이 끊겨버렸다. 마케도니아에서는 좋은 숙소에 묵어보자며 알파고는 야심차게 호텔을 예약했다. 지금껏 여행을 하며 단 한 번도 비싼 호텔에서 묵어본 적이 없었으므로 나는 잔뜩 기대하고 있었다.

"스코페 광장 바로 옆에 있는 호텔이에요. 한국으로 따지자면 시청 옆에 있는 더플라자 호텔?"

버스에서 내려 택시를 타고 호텔로 이동했다. 홈페이지에 있는 주소로 찾아갔지만 호텔이 없었다. 주소가 적힌 종이를 들고 광장 주변을 30분 동안 뺑뺑 돌았다. 정말이지 요상한 일이었다. 다시 처음 건물로 돌아와 간판을 꼼꼼히 살피던 중 A4 종이에 프린트된 호텔 이름을 발견했다. 우리가 찾던 호텔은 이 건물 6층에 불법 증축된 곳이었다. 언제 경찰이 들이닥칠지 모르니 언제고 쉽게 제거할 수 있는 종이로 간판을 만든 것이다.

우리는 엘리베이터도 없이 무거운 가방을 들고 건물을 올랐다. 도착한 곳에는 철문이 굳게 닫혀있었다. 문 왼쪽에는 인터폰이, 위쪽에는 CCTV가 달려있었다. 수화기를 들고 예약번호를 말한 뒤에야 철문은 우렁찬 소리를 내며 열렸다. 남편은 아부래도 사진에 낚인 거 같다며 미안해했다.

"괜찮아요. 대신 오흐리드 숙소는 내가 예약할게요!"

다음 날 아침, 호텔을 알아보라는 알파고의 말을 듣지 않고 에어비앤비 앱을 켰다. 어떤 숙소가 있는지 대충만 살펴보려고 했는데 앱 사용에 익숙하지 않아 문의를 한다는 게 그만 예약을 해버렸다. 취소를 하려고 했지만 호스트가 빛의 속도로 승낙해버렸다. 취소를 했다간 수수료를 물어야 할 판이었다. 내가 예약한 숙소는 호수 마을 오흐리드에서 가장 저렴한 방이었다. 하루 숙박비가 한국 돈 1만 5,000원이었다.

오흐리드는 정말 멋진 마을이었다. 예약한 숙소는 구 시가지인 오흐리드 성벽 안에 있었는데 아기자기한 집들과 돌길이 인상적이었다. 밤이 되자 조명이 하나 둘 켜지면서 마을 전체가 은은한 불빛에 둘러싸였다.

숙소에 도착하자 할머니 한 분이 천천히 걸어 나오셨다. 할머니는 우리를 2층으로 안내했다. 방문을 열자 널찍한 침대가 나왔다. 나무로 된 마룻바닥은 걸을 때마다 삐걱댔고 방 안에 놓여있던 가구는 50년은 더 되어보였다. 하지만 주인 할머니 처럼 따뜻한 느낌을 주는 공간이었다. 다행히 알파고도 마음에 드는 눈치였다.

"어때요? 이만하면 예약 잘한 거 맞죠?"

참 뻔뻔한 아내이다. 알파고는 나를 바라보며 그저 미소를 지어보였다.

오흐리드에 온 건 쉬기 위해서였다. 한 달간의 여행 일정을 마치고 한국으로 돌아가기 전 생각을 가다듬을 시간이 필요했다. 이런 점에서 오흐리드는 최고의 여행지였다. 천천히 걸으며 빨간 지붕을 얹은 아기자기한 집들을 돌아볼 수 있고 벤치에 앉아 시시각각 색깔이 변하는 호수를 바라보는 즐거움도 있었다.

우리는 멋진 카페에 앉아 호수를 바라보며 커피도 마시고 책도 읽었다. 알파고는 모든 순간을 음미하는 듯했다. 반면 돌아다니기 좋아하는 나는 슬슬 엉덩이가 근질거리기 시작했다. 자꾸만 뭔가를 해야 한다는 욕망이 뛰쳐나오고 있었다. 결국 참지 못하고 이야기를 꺼냈다.

"여기에서 배를 타고 조금만 가면 발칸반도에서 유명한 국

시시각각 색깔이 변하는 호수를 바라보며
모든 순간을 음미했다.

오흐리드에서 자전거를 빌려 마을을 돌아다녔다.
비릿한 호수의 냄새가, 비에 젖어 축축하던 거리가,
노을 지던 초가을의 빛깔이 가끔 그립다.

립공원이 나온다던데. 거기 가볼래요?"

비가 내리는 호숫가에는 배들이 정박해있었다. 내가 찾아본 정보에 따르면 10유로에 국립공원까지 갈 수 있었다. 마침 두툼한 빨간 재킷에 새하얀 캡틴 모자를 멋들어지게 쓴 선장 아저씨가 있었다. 아저씨께 국립공원으로 가자고 했다.

"혹시 가이드는 있어요?"

"아니요. 그냥 저희 둘이 가보려고 하는데요?"

나는 아저씨가 바가지를 씌우려는 건 아닌가 싶어 가이드는 필요 없다고 단호하게 말했다.

"근데 둘이 갔다가는 죽을지도 몰라요. 거기에는 곰이랑 독수리가 있거든요. 안가는 게 좋을 텐데……. 거기를 왜 가려는지."

죽을 수도 있다는 말에 알파고와 나는 눈이 휘둥그레졌다. 그날 저녁 남편은 진지해졌다. 나와 싸우기 싫어 배를 타긴 탔지만 무모한 선택은 무모한 결과가 따를 수 있다는 걸 알면 좋겠다고 아주 부드러운 톤으로 경고했다.

어느덧 오흐리드를 떠날 시간이 다가왔다. 가방을 꺼내고 짐을 정리하려는데 끔찍한 장면을 목격하고 말았다. 가방에 셀 수 도 없을 만큼 개미들이 우글거리고 있었다. 개미가 몰려든 건 시어머니의 살구잼과 체리잼 때문이었다. 내가 잘 먹는 걸 보시곤 한국에 가져갈지 물으셨고 나는 너무 기뻐 물개박수를 쳤다. 우리는 그것을 터키 으드르에서 이스탄불로, 코소보와 마케도니아 수도를 거쳐 마지막 종착지인 오흐리드까지 가져왔다. 그런데 결국 잼이 발효되면서 뚜껑이 열려버렸고 잼이 흘러나와 개미소굴로 변한 거였다.

알파고의 속옷은 멀쩡한 게 하나도 없었다. 식욕이 왕성한 개미들은 잼이 묻은 달달한 옷가지를 갉아먹었고 모든 속옷에는 구멍이 뻥뻥 뚫려있었다. 결국 남편은 제대로 된 속옷도 입지 못한 채 한국으로 돌아와야 했다.

우리의 여행기를 들은 가족들은 나 때문에 알파고가 너무 고생을 했다며 안쓰러워했다.

"걱정 마세요. 저는 예림 씨의 좋은 면만을 사랑하는 게 아니에요. 나쁜 점까지 모두 사랑해요."

착한 남편을 두어 정말 다행이다.

'결혼은 두 사람이 하나가 되는 것이다.'

결혼을 앞두고 가장 많이 들었던 말이다.

하지만 평생 단 한 사람과 일생을 보낸다는 것이

진짜로 무엇을 의미하는지는 알지 못했다.

힘들고 답답한 시간만

속절없이 흐르고 있었다.

나는 ____________________

신용카드가 ______________ 아니야

신혼생활이 신나고 로맨틱한 사건들로 넘쳐날 거라 착각했던 적이 있다. 신혼이라 좋겠다는 주변 사람들의 부러움 섞인 시선에도 자신 있게 답할 수 없었다. 결혼식을 올린 후 1년 동안 전쟁 아닌 전쟁을 치르고 있었기 때문이다.

"또 미루려는 거예요?"

오늘 저녁도 기분 좋기는 글렀다. 퇴근 후 집에 와 밀린 빨래를 돌리고 저녁식사를 만들어 먹은 후 설거지를 하고 빨래를 널고 나니 11시가 넘어있었다. 분리수거를 약속했던 알파고는 여전히 미적거리고 있었다. 피곤하다는 걸 모르지는 않지만 내 몸이 힘드니 짜증이 치밀어올랐다. 결국 그날 밤도 잔소리를 퍼부었다. 뾰로통한 얼굴로 등을 돌리고는 잠을 청했다. 남편의 애교에도 기분은 좀처럼 가라앉지 않았다.

한 번 감정이 꼬이고 나면 알파고가 못난 남자처럼 느껴졌다. 평소에는 귀엽게만 들리던 삑사리 섞인 목소리도, 궁금증이 해소될 때까지 질문을 던지는 호기심도, 멋지다고 생각했던 턱수염도, 통통하니 사랑스럽던 발바닥도, 홍차에 설탕을 잔뜩 섞어 마시는 습관까지 다 마음에 안 들었다. 미워 보이다 못해

남편과 싸우고 나면
드라마 속 비극의 주인공처럼 느껴졌다가
화해하고 나면 세상에서 제일 행복하다.

나도 내 맘을 모르겠다.

세상에서 제일 별로인 남자가 내 남편인 것처럼 여겨지는 것이었다. 참 이상했다.

결혼을 앞두고 내가 가장 많이 들었던 말은 '결혼은 두 사람이 하나가 되는 것'이었다. 하지만 평생 단 한 사람과 일생을 보낸다는 것이 진실로 무엇을 의미하는지는 알지 못했다. 결혼식에서는 어떤 드레스를 입을지, 어떤 가구와 접시를 사고 신혼여행은 어디로 가야 할지에 대해서는 많은 시간과 에너지를 써가며 고민했지만 정작 핵심은 빠져있었다.

내가 계획하는 미래에 '나'는 있었지만 '우리'는 없었다. 알파고는 종종 우리가 부부가 아닌 동거인 같다고 했다. 이런 마음가짐으로 결혼생활이 행복할 리 없었다. 그러기에는 내 자아가 쓸데없이 컸다. 내 인생의 속도와 방향을 알파고와 맞추어 나가기까지 남편의 마음을 수없이 할퀴었다. 어느 날 남편은 이렇게 말했다.

"나는 신용카드가 아니에요. 이렇게 함부로 긁다가는 언젠가 신용이 다 떨어져 못 쓰게 될 날이 올 거예요. 잊지 마세요."

가슴이 철렁 내려앉았다. 하지만 한순간에 태도를 바꾸는 것 역시 쉬운 일은 아니었다. 힘들고 답답한 시간만 속절없이 흐르고 있었다.

일요일 오후, 카톡 소리에 잠이 깼다.

'터키 가족'이라고 저장된 채팅창에 시아버지가 보낸 사진이 몇 장 올라와 있었다. 그중에는 아침에 일어나자마자 페이스북을 확인하는 어머님 사진이 있었다. 밤새 흐트러진 머리카락은 갈 곳을 잃은 채 허공에 둥둥 떠 있었다. 사진을 보자 절로 미소가 지어졌다. 아버님께 무슨 사진이냐고 물었다.

ㄴ 침대에서 나온 아이가 장난감을 가지고 노는 거야.

ㄴ 하하하, 정말 사랑스러우시네요.

ㄴ 응, 너의 시어머니는 항상 이렇게 귀여운 사람이야!

시아버님의 대답에는 사랑이 있었다.

그날 나는 인생길을 함께 걷는 배우자를 처음보다 더 많이

마음의 빗장을 살짝 열자

알파고가 두 걸음 다가왔다.

사랑하고 존중하기까지 얼마나 많은 노력이 필요할지 곱씹었다. 나도 그런 부부가 되고 싶었다. 그러기 위해서는 반드시 나를 내려놓아야만 했다.

마음의 빗장을 살짝 열자 알파고가 두 걸음 다가왔다. 마음의 빗장을 중간 정도 열자 알파고는 열 걸음 다가왔다. 그리고 마음을 활짝 열자 그는 내 안으로 쏙 하고 들어왔다. 그제야 처음 사랑에 빠졌던 그 알파고를 만날 수 있었다.

사랑스러운 남자와 사는 것은 결코 쉽지 않다. 내가 사랑스럽지 않다면 사랑스러운 남편이란 있을 수 없기 때문이다.

30년 후에도 시부모님처럼 닭살스러운 모습으로 주변 사람들을 미치게 만드는 내공있는 부부가 되기를 다짐해본다. 물론 나는 여전히 신용을 아슬아슬하게 남겨둔 채 남편의 감정을 살금살금 긁고 있지만 말이다.

지금 필요한 건
불어오는 바람에
나를 내맡기는 것뿐인지도 모른다.
우리의 배가 어디로 가는지 알 수 없지만
언젠가 이 바람이 우리를 더 안전하고
더 멋진 곳으로 데리고 갈 거라는
믿음으로 말이다.

우리의 ______________________ 내일을
______________________ 믿어보기

쌀쌀한 바람이 부는 어느 금요일 밤, 시청 옆 외신기자클럽에서 알파고의 공연이 예정되어있었다. 금요일 저녁인데다 공연 일정이 늦게 확정되면서 사람이 많지 않을 것 같다길래 서둘러 옷을 껴입고 이곳을 찾았다.

공연장은 바깥공기만큼이나 쓸쓸했다. 넓은 홀 중앙을 가로지르는 가벽 앞에는 자그마한 무대가 설치되어있었다. 그 앞에는 일곱 개의 원탁 테이블이 놓여있었는데 열 명도 채 되지 않는 기자들이 앉아있었다. 안경 쓴 남자분이 자리에서 일어나더니 무대에 올라왔다.

"오늘 밤 공연을 해주실 분은 얼마 전까지 한국 특파원이었던 해직 터키 언론인 알파고 시나씨입니다. 큰 박수로 맞아주시길 바랍니다."

공연을 앞두고 사회자가 남편의 실직을 엄숙하게 선포하자 관객들도 숙연해졌다. 음식을 먹으며 떠드느라 공연을 보는 둥 마는 둥 하는 사람들의 관심을 끌기 위해 알파고는 지독히도 고독한 시간을 버텨내야만 했다. 남편의 실직을 온전히 내 것으로 받아들여야 했던 가슴 쓰린 밤이었다.

2016년 7월, 터키에서 일어난 쿠데타의 후폭풍은 거셌다. 반정부 인사라고 의심받거나 관련 기관에서 일한다는 이유만으로 10만 명이 넘는 사람들이 구속됐고 15만 명이 일자리를 잃었다. 그중 1,000명에 가까운 기자가 해직됐고 구속된 기자만 200명에 육박했다. 터키에서 가장 큰 언론사이자 대통령 에르도안의 비리를 가장 먼저 파헤쳤던 남편의 회사도 정부에 강제 인수됐다. 결국 남편은 특파원 지위를 잃고 말았다.

실직 후 얼마 동안은 나의 삶에 커다란 변화가 없었다. 적어도 나는 그렇게 느꼈다. 내 남편은 젊고 능력이 있으니 원하면 무엇이든 할 수 있다고 생각했고 힘든 내색 한 번 하지 않는 알파고의 모습에 되레 안심이 되었다. 그러다 우연히 남편의 노트북에 뜬 카톡 메시지를 보았다.

ㄴ 선배님, 파트타임이라도 괜찮으니 혹시 일할 기회가 있으면 꼭 부탁드립니다.

누군가 커다란 망치로 내 머리를 세차게 내리치는 기분이었

주변 사람들은 다 알고 있는 남편의 걱정거리를
나는 항상 한발 뒤늦게 알게 된다.

다. 내 앞에선 아무 문제 없다는 듯 항상 웃는 알파고 때문에 주변 사람들은 다 알고 있는 남편의 걱정거리를 언제나 한발 뒤늦게 알고 마는 것이다.

알파고와 가까운 사이였던 국제부 선배가 구속됐고 팀원들은 돈을 벌기 위해 택시운전을 했다. 중앙아시아에서 특파원을 하던 또 다른 동료는 현지 경찰에 붙잡혀 터키로 송환됐다. 고등학교 선배는 고문을 당해 목숨을 잃었다.

하루가 멀다 하고 새벽 2~3시에 잠드는 남편에게 일찍 자면 좋겠다고 말했다.

"나도 그러고 싶지만 일찍 자면 매번 똑같은 악몽을 꿔요. 경찰에 잡혀 터키로 강제 송환돼서 예림 씨랑 헤어지는 꿈. 피곤해서 지칠 때까지 버티다 자야지 꿈을 안 꿀 수 있어요."

우리 부모님은 매일 안부를 물었다. 경제적으로 쪼들리는 건 아닌지, 알파고가 한국에서는 안전한 건지, 자신들이 도울 수 있는 건 없는지 말이다. 아버지의 응원은 절망스러운 상황에 위축되어있는 나를 일으켜 세웠다.

"어리석은 사람은 위기가 닥치면 절망하고 주저앉지만 현명

한 사람은 위기를 기회로 삼아 힘을 키우는 시간으로 활용하지. 좌절할 필요가 없어. 인생이 결코 한 방향으로만 흐르지 않거든. 내려가면 반드시 올라갈 때가 있어. 반드시."

남편의 하루는 치열하다. 특파원 생활에 치여 6년 동안이나 미뤄왔던 석사 학위를 취득했고, 책도 두 권이나 출판했다. 방송과 강연은 물론 스탠드업 코미디 무대도 쉼 없이 오르고 있으며, 중국어와 일본어도 배운다. 그리고 터키를 떠나 미국에 망명을 간 기자 선배들이 언론사를 세워 특파원 지위도 회복했다.

불안해할 때마다 남편은 나를 다독인다.

"예림 씨, 저는 배 위에 있어요. 지금껏 배 뒤에서 불어오는 바람이 이끄는 대로 살아왔어요. 그 바람이 나를 어디로 데리고 가는지 알 수 없지만 지금까지의 항해를 볼 때 앞으로도 문제없을 거라고 믿어요."

지금 필요한 건 알파고의 말대로 불어오는 바람에 우리를 내맡기는 것뿐인지도 모른다. 우리의 배가 어디로 가는지 알 수 없지만 언젠가 이 바람이 우리를 더 안전하고 더 멋진 곳으로 데리고 갈 거라는 믿음으로 말이다.

너는 ______________________________

______________________________ 내 운명

나의 어떤 모습이

알파고의 마음을 흔든 건지

묻고 싶은 밤이었다.

어느 사랑에 드라마 같은 면이 없겠느냐마는

이 이야기를 들을 때면

우주에서 가장 특별한 사람인 것만 같은

기분이 든다.

어머님이 곧 막냇동생 오메르가 중대 발표를 할 거라고 귀띔해주셨다. 도대체 무슨 일이냐고 묻자 어머님은 사진 한 장을 슬며시 보여주셨다. 눈매와 입꼬리가 야무진 처자였다. 나는 사진의 의미를 단박에 알아차렸다.

"초등학교에서 의료봉사를 하다 만났나 봐. 나중에 알고 보니 같은 대학교에 다니고 있던 거야. 오메르랑 동갑이래."

터키 동부에서 공개 연애를 한다는 건 결혼 약속이나 다름없었다. 사진 속 여자가 올케가 될지도 모를 일이었다.

그날 밤, 남편의 팔을 베고 침대에 누웠다. 나의 어떤 모습이 알파고의 마음을 흔든 건지 묻고 싶은 밤이었다.

알파고는 꽤나 까다로운 남자였다. 다음에 이야기하자고 했지만 나는 남편의 양쪽 볼을 치즈처럼 쭉 잡아당겼다. 가끔 졸라 끄집어내는 이야기였지만 들을 때마다 좋았다. 어느 사랑에 드라마 같은 면이 없겠느냐마는 이 이야기를 들을 때면 우주에서 가장 특별한 사람인 것만 같은 기분이 든다.

"운명이라고 느꼈던 순간들이 있어요. 그중 하나는 꿈이에

캠퍼스에서 우연히 남편을 만나지 않았다면
그 우연을 특별한 것으로 생각하지 않았다면
지금의 우리는 없었겠지.
우연이 건넨 선물이 참 고맙다.

운명이라고 느꼈던 순간들이 있어요.

요. 한국으로 유학을 가려면 장학금을 받아야만 했어요. 결과를 기다리며 깜빡 졸았는데 꿈을 꾼 거예요. 동그란 눈에 피부가 까무잡잡한 여자가 나를 보고 미소를 짓더라고요. 그 뒤로 꿈속 여자를 잊고 살았는데 대학원 첫 수업 때 예림 씨를 본 순간 꿈속에서 만난 사람이라는 걸 직감적으로 알았어요. 그리고 신기하게 그날 꿈에 또 예림 씨가 나왔어요."

내가 그 사람인 게 확실하냐며 몇 번이나 추궁했지만 알파고는 그렇다고 했다. 남편은 이야기를 이어갔다.

"두 번째는 연락이었어요. 한국에 살면서 여자친구를 사귈 수 있는 기회가 없었던 건 아니지만 앞으로 결혼할 사람을 위해 아무하고도 만나지 않기로 스스로 약속했어요. 일본에 잠시 파견 나갔을 때 오랫동안 저한테 관심을 보였던 친구가 결혼을 했다는 소식을 들었어요. 그때 왜 나는 엄격하게만 살았나, 왜 터키 사람하고만 결혼해야 한다고 생각했나 하면서 여러 생각들이 몰려왔어요. 그 뒤로 결혼하고 싶은 사람이 생기면 국적에 상관없이 마음을 열어야겠다고 결심했어요. 그렇게 마음먹은 순간 예림 씨한테 연락이 온 거예요. '이 여자다'라는 확신이 들었어요."

알파고의 이야기를 듣고 있으니 어쩐지 미안한 마음이 들었다. 나에게는 그런 특별한 이야기가 없었기 때문이다. 인도네시아에서 돌아온 후 계획에 없던 결혼을 하게 된 이야기도 평범하지는 않지만 좀 더 특별하기를 바랐다. 알파고가 내 운명의 남자라는 것을 느낄 수 있게 말이다.

그 다음 주에 친정을 찾았다. 저녁식사를 하며 알파고가 내 운명의 남자인지 확신을 할 수 없다고 했더니 아버지는 의아하다는 표정을 지으셨다.

"네가 그걸 모르다니 참 별일이네. 알파고랑 결혼한다고 했을 때 네 엄마한테 했던 말이 있어. 큰딸이 알파고랑 결혼하는 건 운명이니 우리가 개입하지 말자고."

아버지가 도대체 무슨 말을 하는지 알 수가 없어 갸우뚱거렸다. 매콤한 고추소스가 뿌려진 쫄깃한 명태 한 조각과 소주 반 잔을 들이키신 후 아버지는 이야기를 이어가셨다.

"네가 유독 무슬림에 대한 애정이 많았지. 고등학교 때는 이슬람에 대한 기사를 수집하고, 교환학생을 갔을 때는 이집트 친구들이랑 시간을 보냈잖아. 대학교 때는 사우디아라비아 친구를 온 가족에게 소개해줬고. 인도네시아에서 일을 하고 아프가니스탄 난민들을 도운 게 우연이라고 생각해? 너는 알파고를 만나기 위해 누구보다도 철저하게 준비해왔던 거야."

운명은 내가 걸어온 길 위에 있었다. 내가 남긴 흔적들은 알파고가 내 운명의 남자라고 목청 높여 소리를 지르고 있었다.

남편에게 이 이야기를 들려주고 싶어 커피 한 잔 마시고 가라는 부모님의 제안을 뿌리치고 서둘러 길을 나섰다.

결혼 전에는 혼자 살아도
평생 외롭지 않을 자신이 있었지만
남편을 만난 후 사랑의 크기가 커진 만큼
두려움도 함께 커졌다.
남편과 함께 있으면
그 어떤 죽음을 맞이한들
문제가 되지 않을 것 같았다.

나보다 ____________________하루만 더

"다들 서둘러 밖으로 나오렴!"

아버님이 정원에서 큰 목소리로 가족들을 불렀다. 집 앞에는 흙먼지를 뒤집어쓴 낡은 봉고차 한 대가 기다리고 있었다. 우리 가족과 작은집 식구들 그리고 함께 터키 여행을 하겠다며 남편 고향인 으드르까지 따라온 내 친구들을 포함해 열두 명이 차에 올랐다. 우리는 알파고의 가족 묘지를 방문할 예정이었다.

차는 울퉁불퉁한 도로를 달렸다. 나는 차 맨 뒤에 앉아 바깥 풍경을 바라보았다. 돌부리에 걸려 흔들리는 차에 앉아 미지근한 바람을 맞으니 온몸이 나른해졌다. 깜빡 잠이 들었을까. 그 사이 차는 구불구불한 산을 빙빙 돌아 묘지 입구에 도착해있었다. 우리는 무릎까지 자란 풀을 헤치고 가족 묘지로 들어갔다. 그곳에는 수많은 '알파고'들이 묻혀있었다.

나는 고개를 돌려 묘지 앞쪽을 바라보았다. 척박했다. 산에는 나무 한 그루 없이 산줄기가 훤하게 드러나 있었고 한여름 잔디가 푸르게 자랄 듯도 싶지만 뜨거운 햇볕에 누렇게 말라 있었다. 여기는 내가 태어나 살던 곳과는 너무나 달랐다.

친구들은 이국적인 풍경을 넋 놓고 바라보다가 환한 얼굴로 사진을 찍었다. 하지만 나는 도저히 웃을 수가 없었다. 친구들에게는 이곳이 잠시 머무르는 여행지였지만 나에게는 어떠한 형태로든 내 삶의 일부가 남게 될 곳이기 때문이었다.

남편은 가끔 나이가 들면 고향에 돌아가고 싶다고 했다. 처음에는 웃어 넘겼지만 언제부터인가 두려운 마음이 몰려들었다. 으드르에서 노년을 보내게 된다면 한국에서의 삶을 정리하고 이곳에서 생을 마쳐야 할지도 모를 일이었다. 나이가 들어 몸을 내 마음대로 움직이지 못하면 한국에 있는 가족과 친구들을 영영 만나지 못할 수도 있다는 생각이 종종 나를 괴롭혔다. 묘지에서 돌아온 후 알파고의 손을 잡고 내 생각을 털어놓았다.

"내가 세상을 뜨면 화장을 해서 나무 밑에 뿌려주세요. 아무도 찾지 않는 타지에 묻힌다면 너무 외로울 거 같아요. 아무리 생각해도 그냥 자연으로 조용히 돌아가는 게 좋겠어요."

나를 위로할 거라는 예상과 달리 우리의 논의는 생뚱맞은 방향으로 튀었다.

"화장이요? 시신을 불에 태우는 거 말하는 거예요? 절대로

알파고와 함께라면 그 어떤 죽음을 맞이한들
문제가 되지 않을 것 같았다.

안 돼요."

내 말이 끝나기도 무섭게 남편은 지금까지 보여준 적 없는 모습을 보였다. 진한 두 눈썹은 하늘 위로 치솟아있었고, 미간에는 진한 주름이 패어있었으며, 목소리는 흥분한 나머지 삑사리가 났다. 나는 남편의 격한 반응이 매우 흥미로웠다.

"요즘 한국에서는 화장을 많이 해요. 장소도 많이 차지하지 않고 비용도 적어서 효율적이에요."

알파고의 목소리는 한층 더 격양됐다.

"이슬람 윤리법에서는 전쟁 전략상 필요하더라도 나무를 함부로 자를 수 없어요. 오스만 시대에는 겨울철 난방을 위해 벌목할 수 있는 나무를 제한하기도 했어요. 지금은 상상이 잘 안 되겠지만 군대에서는 전쟁터에서 싸우던 말이 나이가 들어 은퇴를 하면 연금을 지급하기도 했어요. 쓸데없는 이유로 동물이나 식물의 생명도 함부로 빼앗지 못하는데 인간은 신이 만든 가장 훌륭한 작품이잖아요. 어떻게 화장을 할 수 있어요?"

사실 나는 가족 묘지에 방문하기 전까지 죽음 이후의 문제에 대해 깊이 생각해본 적이 없다. 한국에서는 누구나 쉽게 화장을 말하기 때문에 알파고가 이렇게 다른 시각을 가지고 있을 줄은 정말이지 몰랐다. 나는 가성비를 기준으로 죽음을 바라보고 있었다.

"만약 예림 씨가 저보다 먼저 이 세상을 떠났다고 생각해봐요. 결혼기념일이나 생일 때 제가 어디를 가겠어요? 예림 씨가 묻혀있는 곳이겠죠. 제가 예림 씨를 때리기는커녕 바닥에 떨어진 예림 씨 옷도 예쁘게 가져다가 옷걸이에 걸어놓는데 불에 태우다니요. 영혼은 없지만 시체도 여전히 당신의 일부인데. 꿈 깨요. 나랑 이혼하지 않는 한 화장은 못해요."

남편의 말에 감동의 쓰나미가 몰려오는 찰나 알파고는 한마디를 더 붙였다.

"이런 고민 좀 그만하고 살아있을 때나 서로 잘하고 삽시다!"

결혼 전에는 혼자 살아도 평생 외롭지 않을 자신이 있었다. 그러나 알파고를 만난 후 사랑의 크기가 커진 만큼 두려움도 함께 커졌다. 알파고랑 있으면 그 어떤 죽음을 맞이한들 문제가 되지 않을 것 같았다. 그래도 남편이 나보다 딱 하루만 더 오래 살면 좋겠다. 알파고가 없는 내 삶은 상상조차 할 수 없으니까.

항상 먼 곳을 바라보고 걱정하는 나와 달리
남편은 내일이 없는 것처럼
오늘 하루를 살아간다.

4부

터키 남편과 살다 보니

조금은

부끄러운 이름

친정아버지가 내 이름을 지을 때
터키 남자와 결혼할 걸
예견한 건 아니었을 테지만
터키 사람들의 기억에 쉽게 남는 이름이라니
나쁘지만은 않았다.
내가 터키와 특별한 인연을 맺게 된 건
아무래도 하늘이 정한 운명이었나 보다.

알파고가 터키 가족과 친구들에게 결혼 소식을 전했을 때 시어머니는 두 팔 벌려 환영했지만 시아버지는 반대하셨다. 가문이 한 지역에 함께 모여 사는 쿠르드족의 경우 몇 세대를 거쳐 축적해온 독특한 문화와 재산을 지켜내기 위해 가문 내에서 짝을 찾는 게 흔한 일이었기 때문이다. 아버님의 반응은 어쩌면 당연한 것이었다.

"네가 이 집안의 장손이라는 걸 잊은 건 아니겠지? 네 부인이 친척들 결혼식 준비는 물론 가문 내 여자들이 중요한 결정을 할 때 조언을 해줘야 하는데 외국인이 그걸 어떻게 할 수 있겠어?"

아버님은 결혼을 뜯어 말리겠다며 비행기를 타고 단숨에 서울로 날아오셨다. 알파고는 그런 아버님께 딱 한 번만 나를 만나달라고 설득했다.

장마가 한창이었다. 축축한 공기를 뚫고 명동에 있는 아랍 식당으로 걸어갔다. 아버님은 나를 보시고는 자리에서 천천히 일어나셨다. 180센티미터가 넘는 키에 이목구비가 뚜렷한 아

터키 사람들은 토론하기를 좋아한다.
재미있는 주제를 찾으면 몇 시간이고 떠든다.

내가 터키와 특별한 인연을 맺게 된 건
아무래도 하늘이 정한 운명이었나 보다.

버님은 전형적인 미남의 조건을 갖추고 있었다.

엄격하고 무서울 것만 같던 아버님은 순한 양처럼 맑은 미소를 짓고 있었다. 한 시간가량 편안하게 이야기를 나눈 뒤 우리는 자리에서 일어났다. 나는 점원에게 남은 음식을 포장해줄 수 있는지 물었고 상자가 담긴 봉투를 알파고에게 건넸다. 그날 저녁 알파고는 기분 좋은 소식을 전했다.

"아버지 마음에 쏙 들었나 봐요. 특히 남은 음식을 낭비하지 않고 포장하는 모습이 기억에 남으셨대요."

한국 일정을 마치고 아버님이 터키로 돌아가는 밤, 배웅을 하려고 함께 리무진을 탔다. 두 번째 만났을 때 아버님은 나를 '딸'이라고 불렀다. 명함이 있으면 한 장 줄 수 있냐는 말에 얼른 지갑에서 꺼내 건넸다. 명함을 바라보던 아버님의 표정이 갑자기 심각해졌다. 그러고는 알파고와 10분 가까이 이야기를 하는 게 아닌가. 아버님의 손가락은 자꾸만 내 영문 이름을 가리키고 있었다.

내 영문 이름은 'YELIM'이다. 처음 여권을 만들 때 누군가가 이렇게 표기했고 이후 공식적인 이름에는 이 영문명을 사용하고 있다. 대학교에 들어가서 만난 미국 친구들을 통해 이름 중간에 'L'을 잘 사용하지 않는다는 걸 알게 된 후 비공식적으로는 'YERIM'을 사용했다. 물론 내 명함에는 공식적으로 사용하는 'YELIM'이라고 적혀있었다.

"내 이름에 무슨 문제가 있는 거예요?"

"그게 좀 말하기가 그래요."

"뭔데요? 궁금해 죽겠어요. 괜찮으니까 빨리 말해봐요. 나 웬만한 건 다 이해하잖아요."

"음…… 충격받지 말아요. 예림 씨 이름이 터키어로 '나의 방귀들'이라는 의미예요."

알파고는 입으로 피쉬, 피쉬 소리를 냈다. YEL이 터키어로 작은 방귀 소리를 뜻하는데 그 뒤에 IM이 붙어서 '나의 작은 방귀들'이라는 의미를 갖게 된 거였다. 배꼽이 빠질 지경이었다. 어쩌다 내 이름이 방귀가 된 건지. 슬픈데 너무 웃겼다.

아버님은 나를 보더니 진지한 표정으로 말씀하셨다. 이 상황의 심각성을 인지하지 못하는 예비 며느리가 걱정되셨던 게다.

"청첩장에는 꼭 YERIM이라고 쓰고 터키 사람들한테는 절대로 명함을 주지 마라. 며느리가 놀림거리가 되면 내가 못 견딜 거 같거든."

아버님의 당부로 터키 사람들에게는 내 이름을 'YERIM'으로 소개했다. 그런데 사람들은 내 이름을 듣더니 볼에 뽀뽀를 하고 볼을 꼬집고 난리도 아니었다.

'아, 이건 뭐지? 도대체…… 왜?'

터키에서는 사랑스러운 어린아이에게 귀엽다는 의미로 "내가 널 깨물어버릴 거야."라고 말하는데 그때 사용하는 말이 'YERIM'이었다.

친정아버지가 내 이름을 지을 때 터키 남자와 결혼할 걸 예견한 건 아니었을 테지만 터키 사람들의 기억에 쉽게 남는 이름이라니 나쁘지만은 않다. 근데 아무리 생각해도 '나의 방귀들'은 좀 심한 듯싶다. YELIM이든 YERIM이든 내가 터키와 특별한 인연을 맺게 된 건 아무래도 하늘이 정한 운명이었나 보다.

서바이벌 방송 출연을 앞두고

우리는 옷을 준비해야 했다.

가만히 있어도 땀이 줄줄 흐르는 날씨에

반바지까지는 아니더라도

7부 정도만 입어도 좋겠는데

남편은 안 된다며 바득바득 우겼다.

이게 다 털 때문이다.

털 고민 상담소

2017년 여름, 〈소사이어티 게임2〉에 알파고가 출연했다. 인적이 드문 곳에 설치된 원형 마을에 들어가 매일 두 팀이 경기를 한 후 패배한 팀에서 팀원이 한 명씩 탈락하는 서바이벌 프로그램이었다. 게임에서 살아남을 경우 최대 2주간 원형 마을에 거주해야 했으므로 우리는 2주치 옷을 챙겨야 했다.

하지만 옷 선택은 자유롭지 못했다. 털이 문제였다. 가만히 있어도 땀이 줄줄 흐르는 날씨에 반바지까지는 아니더라도 7부 바지 정도만 입어도 좋겠는데 남편은 다리털을 보여주고 싶지 않다고 바득바득 우겼다. 결국 시청자들을 숨 막히게 만들 정도로 길고 펑퍼짐한 추리닝을 구매했다. 사람들의 시선을 털이 아닌 게임에 집중시키는 게 목표였지만 영상 밑에는 이런 댓글이 달려있었다.

ㄴ 알파고 털 레알? 털토시 입었네.

"오구오구, 털토시 입으셔쪄여?"

나는 쉬지 않고 놀려댔다. 알파고는 브레인으로 인정받고 싫어했지만 또다시 털이 주목받는 상황이 아쉬운 것 같았다.

"내가 왜 여름에도 긴팔을 자주 입는지 말해줄까요?"

대학교 축제가 열리면 알파고와 친구들은 터키 문화를 알리고 싶어 캠퍼스에 부스를 설치했다. 손님들에게 따뜻한 홍차와 쫀득쫀득한 터키 젤리 로쿰을 나눠주며 터키를 소개했다. 하루는 한 아주머니가 부스를 찾았는데 설명을 듣던 중 갑자기 알파고의 팔에 있는 털을 쓰다듬기 시작했다.

"터키 청년, 가슴에도 이렇게 털이 많아요?"

이 사건 이후 남편은 털을 가리고 다니기 시작했다. 성희롱을 당했다는 생각에 오랜 기간 트라우마에 시달려야 했다. 털 이야기는 계속됐다.

"내가 고등학교 때 한 수학 선생님이 있었어요. 여름이라 다 같이 해변에 놀러 갔거든요. 음료수를 사러 슈퍼에 갔는데 거기에 있던 아주머니가 그 선생님 보고 뭐라고 했는지 알아요?"

"뭐라고 했는데요?"

"스웨터 입고 바다에 뛰어드는 시골 놈이 있네!"

결혼 초에는 털을 보여줄 수 없다며
바닷가 수영은 꿈도 꾸지 못했다. 그러다 래시가드가
유행하면서 바닷가도 가고 수영장도 갔다.
누군가에게 털은 매우 중요한 문제가 된다.

〈소사이어티 게임2〉가 방영된 다음 날, 터키 남자와 결혼한 한국 언니들과 함께 점심을 먹었다. 나는 영상에 달린 댓글을 보며 밤새 깔깔댔다는 이야기를 했다. 대화의 화제는 자연스럽게 남편의 털로 흘러 들어갔다.

"아니 어떻게 내 머리카락보다 털이 더 많이 빠지는 거야? 화장실에 들어갔다 나오면 털이 수북이 빠져있다니까."

"제 남편은 눈썹 두 개가 붙어있어요. 그래서 제가 가끔씩 밀어줘야 해요. 안 밀면 갈매기 눈썹이 되거든요."

"나는 털이 너무 많아서 빗어줘야 하나 고민할 때도 있어."

이 모든 이야기를 듣고 있던 한 언니가 조용히 입을 열었다.

"한번은 모기 한 마리가 남편 팔에 앉았어. 근데 모기가 털 안에 갇힌 거야. 나오려고 발버둥을 치는데 아무리 난리를 쳐도 못 나오더라고. 결국 그 안에서 죽었어."

살다 살다 남편의 수북한 털이 인생에 깨알 같은 재미를 줄지는 생각지도 못했다.

더 많이, 더 자주

사람들은 우리 집으로 모였다.

터키 음식을 먹고 홍차와 함께

수다 떠는 밤이 잦아졌다.

친구들의 방문으로 손님방은 늘 붐볐다.

집은 늘 깨끗했고

맛있는 음식은 언제나 넘쳤다.

양재동 ____________________

____________________ 사랑방

"우와! 집이 정말 넓고 깨끗해요. 보통 한국집과는 느낌이 다르네요."

넓은 거실에는 소파 두 개가 서로 마주하고 있다. 그 흔한 텔레비전도 없다. 소파와 소파 사이에는 옅은 하늘색에 고운 무늬가 들어간 터키 카펫이 깔려있고, 주방 옆 공간에는 진열장 한 개와 식탁 한 개만 놓여있다. 우리 집은 영락없는 터키 사람의 집이었다.

결혼을 준비할 때 알파고는 무엇이든 내가 원하는 대로 해도 좋다고 했다. 하지만 두 가지 요구사항이 있었다. 하나는 강남에 있는 집을 찾아야 한다는 것과 거실이 큰 집을 구해야 한다는 것이었다. 강남은 친정과 위치가 정반대여서 대중교통으로 이동한다면 한 시간 이상은 족히 걸렸다.

그동안 우리가 어떤 결정을 내리던 너희 뜻대로 하라던 엄마도 이것만큼은 절대 물러서지 않겠다며 몇 날 며칠을 설득했지만 알파고의 의지는 변함없었다. 그러자 엄마는 전략을 바꿔 감정에 호소했다.

"내 딸이 언제 또 외국으로 나갈지 알고……. 터키로 돌아가면 그때 마음껏 하면 되잖아. 나도 내 딸이랑 가능하면 많은 시간을 보내고 싶어!"

남편의 고집에도 합리적인 이유가 있었다. 강남에는 80명 정도의 터키 가족들이 살고 있다. 그들은 알파고에게 가족이나 다름없었다. 친정 가까이에 살면 더할 나위 없이 좋았겠지만 남편을 생각하니 내 고집만 피울 수는 없었다. 결국 알파고의 의견을 따르기로 했다. 그런데 도저히 집 크기는 이해할 수 없었다.

터키에는 '아야으느즈 살륵(Ayağınızi Sağlık)'이라는 표현이 있다. '당신의 발이 건강하면 좋겠어요.'라는 의미이다.

번거로움에도 불구하고 초대에 응해준 손님들에게 감사의 마음을 표현하는 문장이다. 알파고는 손님 초대를 위해 큰 거실은 필수라고도 했다. 여유가 된다면 친척들이나 친구들이 잠을 잘 수 있는 손님방도 원했다. 한 푼이라도 절약해야 하는 판에 큰 집을 요구하는 알파고가 알미웠다.

내가 꿈꾸던 신혼집은 안방 하나, 둘이 함께 쓰는 서재, 이렇게면 충분했다. 그런데 나의 희망과는 정반대의 집에서 살게 될지도 모를 일이었다. 투덜거리는 나에게 알파고는 걱정하지

우리의 공간에는 이야기가 흐른다.

말라고 했다.

"분명 이 집을 좋아하게 될 거예요."

효용의 잣대로 판단하는 게 익숙한 나로서는 납득하기 어려웠다. 교통이 편리한지, 조용한 동네인지, 슈퍼는 가까운지, 가격 대비 조건이 좋은지가 집을 선택할 때 더 중요한 요소가 아닌가. 하지만 얼마 지나지 않아 알파고의 말을 이해할 수 있었다.

생각보다 더 많이 그리고 더 자주 사람들이 우리 집으로 모였다. 터키 음식을 먹고 홍차와 함께 수다 떠는 밤이 잦아졌다. 친구들의 방문으로 손님방은 늘 붐볐다. 집은 늘 깨끗했고 맛있는 음식은 언제나 넘쳤다. 거실에 놓인 진열장에는 친구들이 사다준 선물로 풍성하게 꾸며졌다.

우리의 공간에는 이야기가 흐른다. 어느새 집은 지친 영혼을 회복하는 공간이자 이야기 속에서 아이디어를 얻는 공간 그리고 추억이 쌓이는 공간이 되어있었다. 아무래도 다음에 이사할 때는 방 네 개짜리를 얻어야 할지도 모르겠다.

손님들이 오기 세 시간 전

이제부터 정신을 바짝 차리고

빈틈없이 손님 맞을 준비를 해야 한다.

손님이 오기 15분 전

우리의 손은 모터가 달린 듯 점점 더 빨라진다.

이럴수록 당황하지 않고 침착해야 한다.

손님, ______________________________

하나님이 보내준 ____________________

선물 _______________________________

"오늘도? 피곤할 텐데 적당히 좀 하면 안 되니?"

"엄마, 지금 이야기할 시간이 없어요. 내가 끝나고 연락할게요. 미안!"

수화기 너머 엄마의 잔소리가 들려온다. 가뜩이나 체력도 약한데 하루가 멀다 하고 손님 초대를 하니 엄마의 걱정은 이만저만이 아니다.

손님들이 오기 세 시간 전, 이제부터 정신을 바짝 차리고 집중력을 최대치로 끌어올려 빈틈없이 손님 맞을 준비를 해야 한다.

오늘은 터키의 대표 스프인 메르지멕 쵸르바스, 중국의 춘권과 비슷한 뵤렉, 가지로 만드는 카르느야릌, 터키식 쌀밥, 샐러드 그리고 달콤한 케이크까지 총 여섯 개의 음식을 만들 계획이다. 이 모든 음식을 동시에 만들어야 한다. 이럴 때면 엄마를 닮아 유독 손이 빠른 게 얼마나 다행인지 모른다.

"알파고! 오이!"

내 주문에 남편은 냉장고 야채 칸에서 오이를 꺼내 깨끗이 씻고 껍질을 벗긴다. 먹기 좋은 크기로 사사샥 잘라서 나에게 건넨다.

"알파고! 밥!"

가스레인지 앞에 서서 밥이 냄비에 눌러 붙지 않도록 뒤지개를 가져와 살살 섞는다.

요리 준비가 어느 정도 끝났다 싶으면 집 청소를 시작한다. 청소기를 돌리고 물걸레질을 한다. 화장실 곳곳에 숨어있는 곰팡이까지 박박 긁어내고 나면 거실 청소를 한다. 소파에 널브러져 있는 옷가지와 물건들을 재빨리 제자리에 가져다놓는다. 손님이 오기 15분 전, 우리의 손은 모터가 달린 듯 점점 더 빨라진다. 알파고가 청소를 마무리하는 동안 나는 깨끗한 옷으로 갈아입고 입술에 살짝 틴트를 발라 생기를 더한다.

"딩동."

현관문을 열고 손님을 맞고 나면 알파고는 거실에서 담소를 나누며 상차림이 마무리될 시간을 번다. 집 곳곳을 구경시키고 장식장에 놓인 물건들이 어느 나라에서 온 것인지 소개한다. 나는 그 사이 식탁에 냅킨을 깔고, 스푼, 포크, 컵을 가지런히 올려놓는다. 샐러드와 뵤렉 그리고 식전 빵을 식탁 중앙에 놓고, 메

터키 사람들의 식탁은 언제나 차고 넘친다.

'이렇게나 많은 음식을 먹는다고?'
생각할 때쯤 또 다른 요리가 나온다.

르지멕 쵸르바스를 가져다놓으면 일차적인 준비가 끝난다. 손님들을 식탁으로 부른다.

스프 그릇이 비워지면 접시에 밥과 카르느야륵을 담아 손님들에게 전달하고, 각자 원하는 만큼 샐러드와 뵤렉을 접시에 덜어 먹도록 안내한다. 식사가 문제없이 시작됐다고 해도 긴장을 늦추기는 이르다. 아직 후식이 남아있기 때문이다. 손님들이 슬슬 식사를 마무리하면 알파고는 주방에 들어가 홍차를 끓이고 나는 식탁을 정리한다. 터키에서 가져온 예쁜 찻잔에 홍차를 담고 갓 구워낸 케이크와 견과류를 꺼내놓는다. 이제부터 본격적인 수다 시간이다. 술은 한 모금도 마시지 않았지만 다들 따뜻하고 달달한 홍차에 취해 이야기의 불꽃은 점차 타오른다. 한 사람당 홍차 다섯 잔은 기본이다.

"손님 초대가 보통 일이 아닐 텐데 너무 힘들지 않으세요?"

사실 결혼 초반에는 꽤나 스트레스였다. 도저히 다른 터키 사람들의 솜씨를 따라갈 수가 없었기 때문이다. 터키 친구들의 집을 방문하면 언제나 식탁에는 입을 쩍 벌리게 만들 만큼 음식이 차려져 있다. 가짓수도 많고, 데코레이션까지 완벽해 빈틈이

밖에서 만나면 시간에 쫓기게 된다.
하지만 집으로 손님을 초대하면 온전히 우리의 시간이 된다.
서로에게 집중하는 시간은 깊은 행복감을 전해준다.

없었다. 이 정도의 음식을 만들려면 주방이 난장판이 되는 게 정상인데 주방은 식기 하나 밖으로 나와 있지 않았다.

결혼 전에는 요리를 직접 할 기회도 많지 않았는데 결혼 후에는 요리사가 되어야만 했다. 손님이 많을 때는 열 명이 넘었고 설거지까지 끝내고 나면 밤새 손목이 시렸다. 남들처럼 밖에 나가 사먹으면 좋으련만 남편은 꼭 집으로 손님을 초대했다. 이런 나에게 남편은 이렇게 이야기했다.

"서로 번거로움을 주어야 정이 쌓이는 거예요."

결혼한 지 5년 차에 접어들자 나에게도 변화가 생겼다. 손님 초대가 좋아진 것이다. 거실에 나와 있는 온갖 물건들과 먼지로 어수선해진 집을 청소할 좋은 핑계가 됐고, 한꺼번에 음식을 많이 만들면 한동안은 요리를 하지 않아도 되니 몸이 편해졌다. 게다가 식기세척기에 설거지를 맡기니 이제는 손목이 덜 시리다. 무엇보다도 손님들과 몇 시간이고 마음껏 떠들며 친분을 쌓을 수 있다는 점이 최고라 할 수 있다.

'손님은 하나님이 보내준 선물'이라는 터키 사람들의 말이 가슴 깊이 와 닿는 요즘이다.

마법 같은 시간 ____________________
라마단 ____________________

매년 라마단이 돌아오면

사람들은 풍성한 저녁식사로 배를 두둑이 하고

홍차와 달콤한 디저트를 먹으며

밤이 늦도록 수다를 떤다.

가끔은 라마단이 1년 내내 지속되면

얼마나 좋을까라는 생각도 해본다.

뜨거운 열기가 피어오르는 아스팔트 위를 저벅저벅 걸었다. 숨이 턱턱 막히고 입안은 따끔거렸다. 온몸에 힘이 쭉 빠져 그냥 털썩 주저앉고 싶었다. 가까운 거리라 생각했던 알파고 외할머니댁까지 이렇게 멀었었나. 내 인생에서 가장 긴 5분이었다. 수시로 휴대폰을 꺼내 시간을 확인하며 애써 마른 침만 삼키고 있었다.

"알라~ 후 아크바르~ 아쉬하두 안 라 일라하 일랄라~"

예배 시간을 알리는 아잔 소리가 도시를 가득 메우기 시작했다. 금식을 깨는 신호였다. 나는 길거리에 서서 아버님이 준비해주신 얼음물을 벌컥벌컥 들이마셨다. 차가운 물은 내 입술과 혀를 지나 목구멍을 넘어간 후 식도를 타고 위까지 빠르게 흘러내려갔다.

할머니 댁에 도착하니 저녁식사 준비가 끝나있었다. 치킨 네 조각, 샐러드, 밥, 포도 다섯 알을 접시에 담았다. 모든 음식이 달았다. 그날 저녁 나는 국물 한 방울, 밥 한 톨 남기지 않고 접시를 싹싹 비워냈다. 이렇게 힘든 일을 한 달 동안 해내는 가족들이 존경스러울 따름이었다. 이날이 나에게는 생애 첫 라

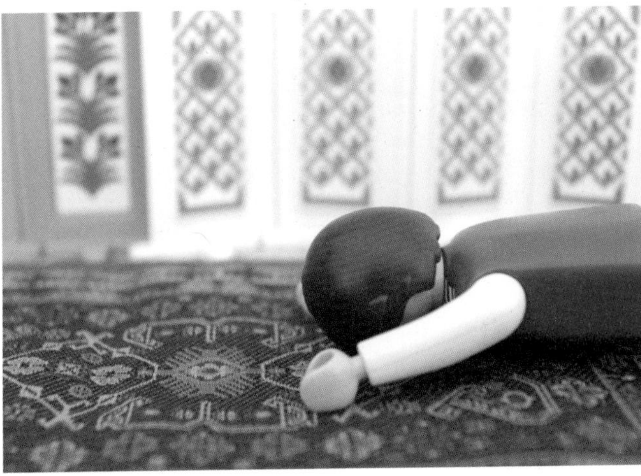

눈이 소복하게 쌓인 겨울밤,
남편은 주차장 옆에 작은 매트를 깔고 예배를 했다.
신과의 약속을 지키려는 성실함이
지금의 남편을 있게 했다고 확신한다.

라마단이 끝나면 3일 동안 명절이 이어진다.
사람들은 친척 집을 방문하고, 어린아이에게는 용돈이나
옷을 선물로 준다. 가난한 사람들에게 재산의
40분의 1을 나눠주는 것도 이 기간이다.

마단 금식을 한 날이자 18억 무슬림들에게는 한 달 간의 금식을 끝내는 날이기도 했다. 내일부터 3일간 즐거운 라마단 명절이 시작된다.

라마단은 이슬람교를 믿는 사람이라면 누구나 따라야 하는 의무사항 중 하나이다. 평소에 술도 마시고 예배를 드리지 않는 무슬림조차 라마단은 칼같이 지킨다. 이름만 무슬림인 한 친구에게 다른 의무사항은 무시하면서 도대체 왜 라마단은 지키는 거냐고 물은 적이 있다.

"라마단은 욕망을 억제하고 스스로를 돌아보는 기간이거든. 라마단이 없었다면 더 방탕하게 놀았을지도 몰라. 그리고 매일 저녁에 있는 이프타르는 진짜 재미있어."

친구의 말처럼 라마단 저녁식사는 즐거웠다. 마음껏 놀기 위해 라마단이 생긴 건 아닐지 의심이 들 정도였다. 라마단 기간 내내 약속으로 가득 찼는데 일주일에 3일은 초대받고, 3일은 초대를 하고, 저녁 약속이 없는 날은 가족들과 외식을 한다. 매일 저녁이 파티였다. 사람들은 풍성한 저녁식사로 배를 두

둑이 하고 홍차와 달콤한 디저트를 먹으며 밤이 늦도록 수다를 떨었다.

일부 무슬림에게 라마단은 다이어트 하기에 좋은 계기가 되기도 한다. 해가 떠있는 동안 금식을 하니 밤이 되면 엄청난 양의 음식을 먹을 거라고 생각하지만 오히려 이 기간을 이용해 살을 빼는 사람들도 꽤 많다.

배 둘레가 계속해서 늘어나던 남편도 라마단이 시작되면 식사량을 줄이고 밤에는 한 시간씩 뜀박질을 하러 나간다. 라마단이 끝날 때쯤에는 턱선이 날카롭게 살아나 톰 크루즈가 내 옆에 나타난 것 같은 착각에 빠지기도 한다. 가끔은 라마단이 1년 내내 이어지면 얼마나 좋을까라는 생각도 해본다.

어느덧 하늘이 어두컴컴해졌다. 사탕 하나를 까서 입안에 넣고 따뜻한 홍차를 마셨다. 참 오랜만에 느껴보는 만족감이었다. 차가운 생수 한 모금이, 샐러드에 들어간 신선하고 새빨간 토마토가, 닭날개 뼈에 붙어있던 살 한 점이, 입안에 굴러다니는 사탕이 고마워지는 신비로운 밤이었다.

라마단 기간에는 무슬림이라면
누구나 금식을 해야 한다.
신 앞에는 모두 평등하다는 것을
일깨워주는 시간인 것이다.

고부갈등이 ______________________________

______________________________ 뭐예요?

결혼식을 올리기 전
친구들은 하나같이 말했다.
'고부갈등'이라는 절대로 해결될 수 없는
숙제가 있다고 말이다.
나의 경우는 최악이었다.
국제결혼이라 말은 안 통하지,
남성 중심 사회라는 인식이 콱 박힌 터키였으니
정말 혀를 끌끌 찰 노릇이었다.

으드르에 도착했다는 소식에 마을 사람들은 우리 부부를 만나고 싶어했다. 저녁식사를 함께하며 그간의 일상을 나누려는 이유도 있겠지만 한국에서 온 외국 며느리에 대한 궁금증을 풀기 위한 자리가 될 게 뻔했다. 지금까지 겪어본 바로 터키 사람들은 타인에 대해 이야기하는 것을 매우 좋아한다. 이들을 내 편으로 만들면 다른 사람들의 공격에도 단단하게 버텨줄 성벽이 되겠지만 작은 실수라도 한다면 오히려 구설수에 오르내릴 위험이 있었다.

하늘이 어둑해질 무렵 손님들이 집에 도착했다. 나는 얼른 거실로 나가 터키식 인사를 하고 외투를 받아 옷걸이에 걸었다. 손님들이 거실 소파에 앉는 걸 확인한 뒤 주방에 들어가 음식을 접시에 담아 부지런히 날랐다. 어머님은 근엄한 표정으로 이것저것 시키셨다.

"여기 손님들께 물 좀 드려라."

"휴지가 떨어졌네. 휴지 좀 가져와야겠다."

나는 착한 며느리의 얼굴을 하고는 재빠르게 움직였다. 어머님의 주문은 계속됐다.

터키인들의 집은 언제나 정갈하다.

"차와 설탕을 내오렴. 그리고 한국에서 가져온 인삼 사탕이랑 약과 있지? 그것도. 견과류는 가스레인지 밑에 있는 서랍 두 번째 칸에 있어."

사실 어머님의 주문을 세세하게 이해할 만큼 터키어 실력이 좋은 건 아니었다. 들리는 단어 몇 개와 어머님의 표정으로 그럭저럭 읽어냈다. 이 정도면 한국 며느리에 대한 의구심을 풀기에 충분했다. 터키 문화를 이해하고 어른을 공경한다는 인상을 주면 충분했다.

손님들이 현관문을 나가자 어머님은 돌변했다.

"내 딸아, 너무 힘들었지? 음식 나르느라 팔이 많이 아팠을 텐데 너무너무 미안해. 설거지랑 집 청소는 내가 다 할 테니까 너는 아무것도 손대지 말고 방에 들어가 좀 쉬어."

1년에 한 번, 게다가 어려운 일을 한 것도 아닌데 어머님은 이마저도 미안해하셨다. 나는 이런 어머님이 사랑스러웠다.

결혼식을 올리기 전 유부녀가 된 친구들은 하나같이 말했다. '고부갈등'이라는 절대로 해결될 수 없는 숙제가 있다고 말이다. 나의 경우는 최악이었다. 국제결혼이라 말은 안 통하지, 남성 중심 사회라는 인식이 콱 박힌 터키였으니 정말 혀를 끌끌 찰 노릇이었다.

하지만 내 가치관은 나름 뚜렷했다. 결혼에 있어 가장 중요한 건 나와 남편의 관계이므로 주변 환경에 휘둘리지 않겠다는 것과 착하고 사랑스런 남편을 낳아주신 시부모님께 최선을 다한다는 것이었다. 처음 터키로 떠나기 전 알파고는 말했다.

"걱정하지 말아요. 우리 엄마는 내가 아는 사람들 중에 가장 달콤한 사람이거든요."

실제로 만난 어머님은 나의 걱정을 무색하게 만들었다. 우선 어머님은 잔소리가 없다. 자식들이 어떤 선택을 하던 어머님은 자신의 방법을 강요하지 않았다. 묵묵히 뒷바라지를 하며 응원해주실 뿐이다. 유독 잔소리를 싫어하는 나는 어머님의 방법에 많은 위로를 받았다. 내가 무엇을 하던 나를 향한 애정과 사랑은 변함없을 거라는 믿음이 생겼기 때문이다.

감사함을 표현하는 것에도 아낌이 없다. 한국에서 선물을 가지고 가거나 쇼핑을 하며 작은 물건이라도 사드리면 어머님은 아이같이 기뻐하셨다. 자식의 시간과 물질을 부모의 당연한 권리라고 생각하는 법이 없었다.

작은 일이 가장 위대한 일임을 깨닫게 한 것도 어머님이다. 어머님처럼 집안일을 정성스럽게 하는 사람은 처음 봤다. 아침에 일어나 흐트러진 이불을 쫙 펴서 먼지를 털어내고, 물기가 마른 접시를 깨끗한 행주로 닦아 서랍에 착착 쌓고, 건조대에서 꺼낸 옷가지들을 다림질해 주름 하나 없이 만들어 옷장에 걸어놓으신다. 어머님의 손이 닿으면 헌것도 새것이 되는 마술이 벌어진다. 집안일은 소중한 시간을 잡아먹는 보잘 것 없는 일이라 생각해왔는데 깨끗한 집을 보고 있으면 기분이 좋아지는 것은 물론 없던 에너지도 생긴다. 작은 일에도 최선을 다하는 어머님의 자세는 감동 그 자체이다.

"나에게는 다섯 명의 자식이 있단다. 알파고, 바란, 오메르, 어린 나이에 세상을 뜬 세람 그리고 너야."

어머님의 진심이 담긴 말이었다. 나에게도 두 명의 엄마가 있다. 나를 낳아주신 친정엄마, 그리고 편안한 안식처가 되어주는 터키 엄마 이렇게 말이다.

자식들이 무엇을 하던
어머님의 자식들을 향한

애정과 사랑은 변함없다.

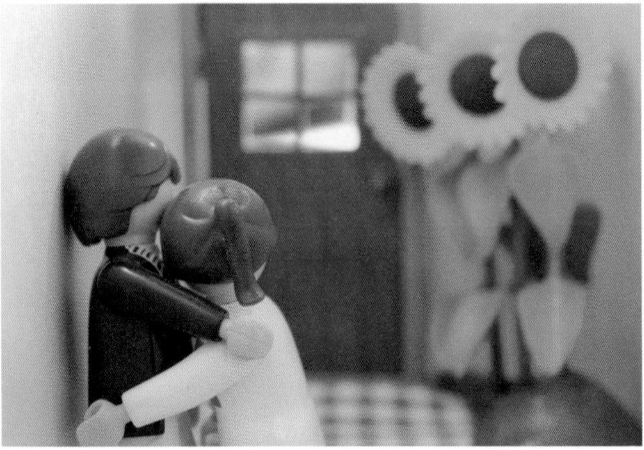

Dear.

터키에서 온 내가 갑자기 당신 앞에 나타나 말했어요.

“예림 씨 사랑해요. 당신과 더 좋은 삶을 살고 싶어요. 저랑 결혼해요. 당신에게 큰 행복을 줄게요.”

당신에게 좋고, 예쁜 것만 주고 싶었지만 결혼 후의 삶은 쉽지 않았어요. 터키 쿠데타 이후에 특파원 자격이 박탈되고, 반정부 리스트에 올라 체포 위기에 처했어요. 나의 삶이 흔들리면서 당신의 삶도 불안해졌지요.

지난 7년은 참 힘들었어요. 하지만 어려운 시기를 지나 이제는 누구나 우리 가족을 부러워해요. 우리에게 사랑스러운 아기가 왔고, 우리의 사랑은 더욱더 단단해졌으니까요.

지난 7년 동안 당신에게 약속한 ‘사랑’을 주려고 정말 열심히 살았어요.

〈쿵푸팬더〉 광팬인 제가 당신에게 항상 하는 말이 있죠?

당신은 ‘호랑이’고, 나는 ‘쿵푸팬더’라고. 호랑이가 세상에 태어나지 않았다면 팬더는 결코 쿵푸를 배울 수가 없었을 거예요.

당신 덕분에 이 세상에서 혼자가 아니에요.

사랑해요.

터키에서 온 쿵푸팬더 알파고가

터키 남자×한국 여자
우리가 만든 작은 세상

초판 1쇄 발행 2020년 10월 10일

지은이 윤예림

기획 · 편집 도은주
미디어 마케팅 류정화

펴낸이 윤주용
펴낸곳 초록비책공방

출판등록 2013년 4월 25일 제2013-000130
주소 서울시 마포구 월드컵북로 402 KGIT 센터 925C호
전화 0505-566-5522 팩스 02-6008-1777

메일 jooyongy@daum.net
인스타 @greenrainbooks
포스트 http://post.naver.com/jooyongy
페이스북 http://www.facebook.com/greenrainbook

ISBN 979-11-86358-95-5 (03810)

* 정가는 책 뒤표지에 있습니다.

이 도서의 국립중앙도서관 출판시도서목록(CIP)은
서지정보유통지원시스템 홈페이지(http://seoji.nl.go.kr)와
국가자료공동목록시스템(http://www.nl.go.kr/kolisnet)에서 이용하실 수 있습니다.
(CIP제어번호: CIP2020040614)